KB207474

# 나의 해방일지

3

**일러두기**

- 이 책은 박해영 작가의 드라마 대본 집필 형식을 존중하여 원본에 따라 편집하였습니다.
- 드라마 대사는 구어체인 점을 감안하여, 어감을 살리기 위해 한글 맞춤법과 다른 부분이라 해도 그 표현을 살렸습니다.
- 쉼표, 마침표 등과 같은 구두점과 대사의 행갈이 방식 또한 작가의 의도를 따랐습니다.

My
Liberation
Notes

# 나의 해방일지
# 3

박해영
대본집

**용어정리**

| | |
|---|---|
| INS.(insert) | 화면과 화면 사이에 끼워 넣는 삽입 화면. |
| #(scene) | 씬(장면). 같은 장소, 같은 시간 내에서 이루어지는 일련의 행동이나 대사가 한 씬을 구성한다. |
| E(effect) | 효과음. 화면 밖에서 들려오는 소리나 대사. |
| F(filter) | 전화기 너머로 들리는 목소리나 속엣말. |
| OL(overlap) | 오버랩. 앞 화면에 뒷 화면이 겹쳐지며 장면이 바뀌는 기법.<br>또는 한 사람의 대사가 끝나기 전에 다른 사람의 대사가 맞물리는 것. |
| 컷 튀고(cut to) | 하나의 장면에서 다음 장면으로 넘어감. |
| 몽타주(montage) | 여러 장면을 하나로 배합해서 일시적으로 보여 주는 편집 기술. |

차례

# 미정의 해방일지

**해방클럽 강령**

1. 행복한 척하지 않겠다.
2. 불행한 척하지 않겠다.
3. 정직하게 보겠다.

**부칙**

1. 조언하지 않는다.
2. 위로하지 않는다.

좋기만 한 사람.

생각하면 좋기만 한 사람...
그런 사람이 한 명도 없다.
내가 좋아한다고 말하는 사람도 사실은
다 좋아하는게 아니다.
실망스럽고, 밉고, 혐오하는 부분이 조금씩 다 있다.
티내지 않고 그냥 좋아하는 척 참는 것뿐
그래서 이 세상에 온전한 아군이 없다는 느낌.
생각하면 좋기만 한 사람을 만난다면. 그런 사람을 만든다면.
내 인생은 달라지지 않을까.
진짜로 온전히 좋기만 한 사람이 있다면...
늘 혼자라고, 버려진 느낌에 시달려서 지친 내 삶도.
달라지지 않을까.

# 9

EPISODE

"우리가 꾸린 집구석도… 우리가 나온 집구석하고… 똑같을까?"

## 1. 상가 건물 앞 (낮)

(한쪽에는 유치원에서 뜯어낸, 햇살반, 열매반 등등의 이름표가 붙어 있는 낡은 사물함과 수납장이 쌓여 있고) 용달 짐칸엔 새로 만든 유치원용 사물함이 가득.

제호와 구씨가 큰 덩어리의 사물함을 맞잡아 들고 내리고.

그걸 들고 건물 안으로.

건물 2,3층 정도에 유치원 간판이 보인다.

## 2. 건물 내 계단 (낮)

제호와 구씨가 맞잡아 들고 계단을 오르다가, 사람이 내려오자 잠시 멈추고. 내려가는 사람도 틈을 보고 기다렸다가 내려가고.

## 3. 유치원 (낮)

여선생의 지시에 따라 사물함의 위치를 잡고. 구씨는 바로 나가고, 제호는 세워놓은 사물함을 벽으로 바짝 밀어 넣고.

## 4. 상가 건물 앞 (낮)

한쪽에 쌓여 있던, 뜯어낸 낡은 사물함과 수납장을 짐칸에 올리고. 서로 줄을 던져 주고받고 하면서 양쪽으로 팽팽히 당겨 걸고. 제호는 마지막으로 줄을 던져주고는 어딘가로 간다. 구씨는 마저 줄을 여며 묶는데, 삭아서 많이 낡은 부분이 보이고. 목장갑 낀 손으로 그 부분을 팽팽 당겨보고. 그렇게 마무리하고… 시선을 돌리다가 순간 어딘가를 보고 멈칫.

구씨 　!

눈앞에 보이는 [오늘 당신에게 좋은 일이 있을 겁니다]라는 간판.
가로로 길게 난 간판.
저걸 찍었던 건가. 아니면 같은 문구일 뿐인가.
그때, 등 뒤에서 전철 달리는 소리.
휙 돌아본다. (달리는 전철은 안 보여도 상관없음)

구씨 　!

맞구나 여기. 그런 얼굴 위로 전철이 달리는 소리.
지친 와중에 정신이 드는, 순간적으로 다른 세계로 온 듯한 느낌.
다시 시선을 돌려 [오늘 당신에게 좋은 일이 있을 겁니다]를 본다.
그렇게 있는데, 제호가 음료수를 산 봉지를 들고 용달로.
구씨도 운전석으로.

제호는 구씨가 먹게끔 봉지를 펼쳐 놔주고, 물을 꺼내 벌컥벌컥.

구씨는 시동을 걸고 핸들을 꺾고.

## 5. 미정 회사. 로비 (낮)

엘리베이터 문이 열리면서 신나서 떠들며 내리는 미정과 또래들.

수진과 지희는 옆 사람에게 각자 재잘재잘.

민소매를 입은 지희가 어깨까지 까맣게 탔고

지희 나 너무 없어 보이게 타지 않았어? 밭일하다가 탄 것처럼?

여직원1 밭일하는 앤(미정) 하얘.

지희 (어깨를 만져보다가 히익) 벗겨지기 시작했어.

수진 코코넛 크랩은 코코넛 먹고 사니까 엄청 달 것 같지? (엄청 실망) 안 달아. 하나도 안 달아.

## 6. 공장 외경 (밤)

공장 앞에 짐칸이 비워진 용달이 서 있고.

## 7. 집. 거실과 주방 (밤)

거실에 놓인 상에서 열심히 밥을 먹는 제호와 구씨.

혜숙은 압력밥솥을 가져와 앉는데, 아구구… 수술한 무릎을 쭉 펴고 앉아 숭늉을 퍼 놔주고.

제호가 숭늉을 먹고, 혜숙은 구씨 앞에 숭늉을 놔주며 살가운 눈빛으로 보다가…

혜숙 덕분에 내가 호강해.

구씨 … (뭔 말인가 싶지만 그냥 먹고)

혜숙 내가 때려죽여도 더 이상은 못 쫓아다니겠다 싶었는데, (그럼) 이 냥반 맘에 드는 사람을 어디서 찾나… 보통 꼬장꼬장해? 말이나 시원시원하게 하면. 맘에 안 들면 그냥 팩.

제호 (먹기만)

혜숙 둘이 한마디도 없이, 어쩜 그렇게 척척 맞는지. (제호가 눈으로 물건을 찾으면 구씨가 건네는 흉내) 이 냥반이 그냥 이렇게 보면, 뭐 찾는지 알고 턱. 40년 산 나도 그렇게 딱딱 못 맞추는데, 전생에 짝이었나, 그냥 척척 맞어.

제호는 듣기 거북한 듯 먹은 그릇을 들고 일어나는데,

그때 창희가 "다녀왔습니다" 하며 들어오고.

혜숙 때맞춰 들어오네. (밥 챙기러 일어나며) 앉아. 먹고 씻어.

창희는 구씨 밥상에 (전통주 같은) 술을 놓고.

창희　신제품 나와서요. 한번 드셔보시라고요.

창희는 방으로 들어가고, 구씨는 상관없이 마저 먹고.

## 8.　당미역 앞 (밤)

역사 길 건너편에 구씨가 서 있고.

미정이 역사에서 나온다. 서로를 봤고. 미정이 구씨 쪽으로.

## 9.　동네 일각 (밤)

터덜터덜 집 쪽으로 가는 두 사람의 뒷모습…

미정은 편의점에서 파는 달달한 음료를 빨대로 마시며 가고…

미정　더위가 가나 봐. 며칠 전까지만 해도 이 시간에도 헉헉댔는데… 여기만 오면 계절 바뀌는 걸 알아. 서울에선 모르겠는데.

그렇게 가다가, 구씨가 눈앞에 뭘 봤는지 갑자기 반대편 도로로 건너가며 구씨 저쪽으로 가.

미정은 이쪽이나 저쪽이나 같은 길인데 왜? 하는 시선.
그러나 따라서 건너고.

구씨 저기 죽은 거 있어. (그 지점을 힐끗)
미정 (그 지점을 보며) 뭐요?
구씨 새.

미정이 걸어가며 같은 위치의 옆 라인을 보는데 언뜻 형체가 보이는.
하얀 배를 하늘로 향하고 누워 있는 새. 살짝 께름칙하고.

미정 엎어놔 주지…
구씨 (그걸 손을 대냐? 싶은 시선으로 힐끗)
미정 왜 동물들은 죽으면 다 배를 보이고 누울까? 꼭 사람처럼.
구씨 …
미정 이런 동네에선 아침마다 하나씩 시체를 마주해요. 족제비가 먹다가 만 쥐 대가리, 물통에 빠져 죽은 다람쥐… 옛날엔 제일 많이 보는 게 개구리 시체였는데. 지금은 논이 없어서. (멈춰서 발을 보며) 집 주변으로 다 논이었을 땐, 개구리들이 밤이면 길을 건너서 이쪽 논에서 저쪽 논으로 건너가는데, 그때 차가 지나가면… 두두두둑… 터지는 소리가 들려요.

구씨는 얼굴이 일그러지는데, 미정은 그걸 모르고 계속 얘기.

미정 (그 밤을 생각하는 듯한 눈빛) 조용한 밤에 두두두둑… (공기 빨리는 소리 나게 음료수를 쪽쪽 빨아 먹고) 아침에 나와서 보면 개구리들이 종잇장처럼 바닥에 여기저기…

구씨 (얘 뭐니 싶은)

미정 근데 왜 밤에 건너나 몰라. 낮엔… 발이 뜨거운가? (또 공기 빨리는 소리)

그러다가 뒤늦게 구씨의 표정을 보고.

미정 ?

구씨가 앞장서 가고, 미정은 따라가는 모습에

미정 (E) 예전엔 시키는 말 외에는 잘 안 했던 것 같애요. 누가 내 얘기를 듣고 싶어 할까? (아무도 내 얘기를 듣고 싶어 하지 않는다)

## 10. 미정 회사. 행복지원센터 (낮) - 회상

제 생각에 빠져 말하는 미정.

미정 근데… 이젠 머릿속에 떠오른 얘기를 그냥 해요. 그냥… 나와요…

맞은편에 앉아서 듣고 있는 향기.

미정　그러면서… 한 번도 겪어보지 못한 감정이 올라와요.

향기　?

미정　(쭈뼛쭈뼛 어렵게) 갑자기… 내가 사랑스러워요.

미정은 못 할 말을 한 것 같아서 민망하고. 향기를 힐끗 보게 되고.

## 11.　동네 일각 (밤)

빨대를 빨며 머쓱해서 뒤처져 구씨를 쫓아가는 미정.

뚜벅뚜벅 가는 구씨의 뒤통수.

구씨　그게 먹으면서 할 얘기냐?

미정　…

구씨와 간격이 벌어지자 미정은 종종종 달려가 따라붙고.

## 12.　미정 회사. 복도 (다음 날, 낮)

미정이 또래들과 두런거리며 구내식당 쪽으로 가는데,

맞은편에서 식사를 마치고 나오는 향기와 일행.

서로 눈인사하고 스쳐 지나가는데,

향기가 씩씩하게 가면서도 자꾸 미정을 돌아본다. 왠지 설레는 눈빛.

미정은 가다가 누군가를 보고 순간 멈칫! 살짝 놀라고.

보면, 태훈이다. 태훈은 당황하는 미정을 보자 모든 걸 아는구나 싶고. 미정은 뭐라고 해야 되나 싶은데, 태훈은 가뿐한 미소를 보이며 가며

태훈　식사 맛있게 하세요.

미정　(고개 숙여 인사)

미정이 태훈을 돌아보는데, 담담히 가는 태훈의 모습에서.

## 13.　음식점 앞 (낮)

기정은 사고 친 강아지마냥 머쓱해서 눈동자만 왔다 갔다.

진우는 좀 뜨악한 얼굴이고.

진우　(기정의 깁스한 손을 가리키며) 그래서… (다친?)

기정　…네.

진우　(헐) 용감하십니다.

기정　…당장 고백해야겠는데. 쌩으로 고백하긴 겁나고. 까였을 때 대비책을 만든 게… 그렇게 됐어요.

진우　… (재밌어하며 보다가) 근데 생각보다 괜찮으신 듯?

기정 뭐. 생각나면 순간순간 화끈화끈한 정도? 얼른 콧노래 부르면 괜찮아지는 정도?

진우 멋지십니다. 간만에 보는 도전 정신. (정말로 반한 듯 보는)

기정 (눈이 초롱초롱해지며) 솔직히 왜 괜찮냐면요, 이건 순전히 그 사람 태도 때문인데요, 이사님이 그러셨잖아요, 전 남자의 태도를 보는 스타일이라고. 그날 그러고 나서…

그때 음식점에서 일행들(김 이사, 이 팀장, 소영)이 나오자, 얼른 흠흠 얘기를 마무리하고.

진우 잘 먹었습니다.

기정 잘 먹었습니다.

김 이사 (카드와 영수증 챙기며) 뭘…

진우 커피는 제가 쏘겠습니다. 가시죠.

## 14. 기정 회사 일각 (낮)

테이크아웃 커피를 들고 작게 얘기하는 기정과 진우.

기정 그날, 너무 창피해서 바로 핸드폰을 꺼놨거든요.

진우 왜요? 연락 올까 봐?

기정 아뇨. (쭈뼛쭈뼛) 연락이 안 올까 봐.

진우 (아… 알겠다)

기정　연락이 안 오는 것보단, 연락이 왔는지 안 왔는지 모르는 게 나을 것 같아서. 근데 (눈 커지는) '맞다. 나 다쳤지?'

## 15. 집. 자매 방 (밤) - 회상

고백한 당일 밤. 갑자기 이불을 홱 젖히고 일어나 앉는 기정. 울어서 부은 얼굴이고.

기정　(E) '괜찮냐고 안 물어보면 인간이 아니지. 심지어 누나 친군데. 당연히 괜찮냐고 물어봐야지.' 얼른 켰죠.

핸드폰 전원을 켜자마자, 득득 득득…
연이어 들어오는 톡에 맞춰 상체가 움직이고.
[괜찮으세요?], [병원은 가보셨어요?], [핸드폰 꺼두셨나 보네요.], [톡 한 번만 주세요. 걱정돼서요.] 그런 태훈의 톡. 그걸 보는 기정의 얼굴에서

## 16. 성당 마당 (낮) - 회상

미사가 끝나고 사람들이 나오고. 태훈도 사람들과 얘기하며 나오고.
남자들끼리 반갑게 악수하고. 그렇게 둘러서서 얘기하는 태훈.
삼삼오오 모여 얘기하는 사람들이 꽤 있고. 희선도 한쪽에서 무리 지어 얘기.

그때 유림이 건물에서 나오자,

서둘러 대화를 마무리하고 유림의 뒤를 따르는 태훈과 희선.

태훈　(E) 오늘 성당을 가고, 사람들하고 얘기하면서도, 하루 종일 마음이 무거웠습니다.

## 17.　중국집 (낮) - 회상

태훈, 희선, 유림 셋이 밥 먹는데, 뒤늦게 경선이 들어와 앉고. 경선은 막 일어나 나온 듯 추레한 몰골로 앉자마자 젓가락 뜯어 탕수육을 먹고.

경선　내 꺼 짬뽕 시켰어?

희선　시켰어.

경선　(자장면을 먹는 유림을 보고) 맛있냐? (한 젓가락 먹자고 할까 말까)

조용히 먹는 태훈의 모습 위로

태훈　(E) 차분히 뒤돌아봤습니다. 같이 있었을 때, 항상 즐거웠던 것 같습니다. 생각해 보니 늘 웃고 계셨습니다. 초등학교 때 싸움 붙인 놈들 이름 대라고 할 땐 든든했습니다. 네. 충분히 오해하실 만했다고 생각됩니다. 죄송합니다. 좋은 사이 끊어지지 않았으면 합니다.

#자매 방. 일요일 오후 즈음. 이 내용을 읽는 기정의 모습 위로.

태훈 (E) 약속한 한턱, 쏘고 싶습니다. 언제든, 어디서든, 빠른 시일 내에. 연락 기다리겠습니다.

## 18. 기정 회사 일각 (낮)

가만히 기정의 핸드폰을 보는 진우.

진우 의례적인 말이 아니네요. 진심이네요. (핸드폰을 건네고)

기정 (핸드폰을 받고) 네. 그러니까요. 사실 저 엄청 쫄았거든요. 이 여자가 미쳤나, 어따가 함부로 들이대나, 개무시당할까 봐 엄청 쫄았는데, (핸드폰 보며) 어쩜… 문장이 이렇게 은혜로울까… 나 까이고 이렇게 은혜롭기는 또 첨이에요. 읽고 또 읽고… 외우잖아요.

진우 (핸드폰 가리키며, 톡에) 성당 갔다 왔다잖아요.

기정 아… 성당… (고이 합장했다가 풀고) 사실 내가 반성 많이 했거든요. 나한테 좋다고 했다가 개 욕먹었던 인간들… (진우의 표정 보고) 있었답니다. 없었다고 생각지 말아주세요. 이사님의 세계가 있고, 저의 세계가 있고, 그 세계나 이 세계나 남녀의 행태는 똑같답니다. 들이대고, 까이고, 울고, 웃고… 어쨌든. 나의 오만 방자함을 참회하고, 도전하는 심정으로 나갔었는데, 잘했다 생각해요. 까여도 양반한테 까이면 배우는 게 있구나… 인간의 품격을 본 것 같은 느낌? (얼른) 그렇다고 어떤 희망 같은 걸 품는다는 건 절대 아니고요. 그런 건 아녜요. 진짜로. 그냥… 사람을 상대하는 법을 배웠으니까 올겨울엔 정말 사랑하겠구나…

진우 하겠네요…

기정 (보면)

진우 진짜로…

기정 (그 말에 기대되면서 뿌듯한)

## 19. 돈가스집 앞 (낮)

창희와 민규가 두 명의 남자 후배와 줄을 서 있고.

창희 무리가 줄의 맨 앞. 뒤로는 대여섯 명이 더 있는.

창희 역삼2 지점, 금요일부터 점주가 정 선배 아버지야. (보다가) 딸보다 더할까, 덜할까?

민규 (암담하다 싶다) 기대를 마. 넌 아직도 기대를 못 버리냐.

창희 (맞다. 또 기대를 했다)

민규 어떻게 생각하면 쉽다. 지 아부지 매장인데 더 벌라고 뻔질나게 드나들겠지. 이거 놔라 저거 놔라, 이건 하지 마라… 지가 알아서 다 해. 둬 그냥. 실적만 니 껄로 챙기면 되는 거야.

창희 정 선배만 없어지면 땡큐라고 생각했는데, 정 선배 아버지까지 들러붙는 이 팔자.

모두 (웃고)

창희 며칠 전에 꿈에 거머리가 손등에 붙어서 떨라고 하니까 점점 많아져서 나중엔 손등이 다 거머리야… 꿈에서 내가… '내겐 피가 없다… 나는 나무토막이다…' 그러니까 후루룩 떨어져. 히마리 없이. 다.

민규 꿈도 기괴하다…

그때 아름의 목소리가 들리고. 아름이 여직원과 오는.
무리는 얼른 목소리를 줄이며 딴소리.
"니들은 꿈 안 꿔? 난 매일 밤 서너 개씩 꾸는데" 등등의 얘기.
그때 음식점에서 손님 둘이 나오자,

창희 둘 둘 앉자.

후배1 예. 먼저 들어가세요.

그때 아름이 이들을 보고 다가오며,

아름 여기 서 있었구나?

민규와 두 명은 어쩔 수 없이 웃으며 응대하는데,
아름이 여직원과 같이 앞에 서면서

아름 오래 기다렸어?

민규 아뇨.

창희가 '이건 무슨 시추에이션?' 하고 이상하게 보는데,
그때 음식점에서 점원이 나와,

점원 두 분이요.
아름 (무리를 둘러보며) 우리 먼저?
민규 (어쩔 수 없이, 웃으며) 네. 들어가세요.
아름 먼저 들어갈게.

아름과 여직원이 들어가는데, 창희는 열받은 얼굴.
민규는 괜히 창희 눈치가 보이고.

창희 내가 여기서 딴 데 가면…
민규 지는 거야…
창희 (참는 듯)
민규 나는 나무토막이다… (그렇게 생각하라는 투)

창희는 좀 있다가 도저히 안 되겠는지 딴 데로 뚜벅뚜벅.

민규 (두 명에게) 니들은 그냥 있어. (창희를 따라가고)

## 20. 창희 회사. 사무실 (낮)

아름이 양치하고 온 듯 칫솔 통을 정리하고 거울을 보고.

아름　그 돈까스집은 테이블이 왜 그렇게 작아. 핸드폰 놓고 지갑 놓고 나면, 컵 놓을 자리도 없어. 먹을 때도 (어깨 움츠리는) 요러고… 눈칫밥 먹는 그지도 아니고…

창희는 안 들리는 사람처럼 노트북으로 일만…

아름　염 대린 뭐 먹었어?

창희　(자판만 치고. 대꾸하기 싫다)

아름　뭐 먹었어?

창희　(쳐다도 안 보고, 건성) 김치찌개요.

아름　박 씨네?

창희　네.

아름　(안타까운) 나도 거기 김치찌개 먹고 싶었는데. (탓하며 흘기는) 김치찌개 먹을 거였으면 얘길 하지. 나도 거기로 갔을 텐데. 오늘은 별로 줄 안 길었나 봐? 바로 먹고 온 거 보니까?

창희　(상관없이 일)

아름　(슬쩍) 내일은 뭐 먹을 거야?

창희　모르죠. 내일은 뭐 먹고 싶을지.

아름　내일도 거기 김치찌개 먹으면 안 되나?

창희　… (보는) 저 좋아하세요?

아름　… (보는) !

창희　근데 왜 저 따라다니세요?

아름　헐. 누가 따라다닌다고. 자기 도끼병이야? 완전 웃겨.

창희　저도 선배 웃겨요. 제가 선배 종도 아니고 남자친구도 아닌데 왜 줄을 대신 서줘요?

아름　누가 대신 서달래? 그냥 물어본 거야. 물어보지도 못해?

창희　오늘 김치찌개를 먹은 사람한테 내일도 김치찌개 먹으면 안 되냐는 말은 선밸 위해서 줄 서달라는 거잖아요. 직장인들 하루 한 끼 맛있는 거 먹는 낙이 전분데, 왜 제가 그런 낙을 선배를 위해서 포기해야 돼요? 우리가 그런 사이예요?

아름은 황당해 말이 안 나오고.

둘의 싸한 분위기에 사람들도 정지한 채로 돌아보는.

창희　그럼 선배가 내일 저 위해서 줄 좀 서주실래요? 저 내일 평양냉면이 먹고 싶을 것 같은데, 약산냉면집 줄 좀 서주실래요?

아름　!

창희　선배는 절대 안 하는 일을 왜 남들한텐 아무렇지 않게 해달라고 하세요?

아름　(황당해 빤히 보는)

창희　(다시 자판을 치는데)

아름　아니. 사람이 왜 이래. (또박또박 끊어서) 만약에. 내일 김치찌개 먹을 거면. 같이 가자는 말이. 이렇게 정색할 말이야?

창희　… (정말 터지겠다. 울겠는 분노를 꾹 참으며) 내일 뭐 먹고 싶을지 모른다고요.

아름　… (황당한)

## 21. 도로 일각 (낮)

#달리는 용달. 짐칸에 폐자재를 묶은 줄의 삭은 부분이 불안한데.

#구씨가 운전하고 제호가 옆에 앉아 (A4용지에 손으로 그린) 도면을 보고 있다.

그때 노면이 고르지 못해 덜컹하자, 툭 하고 끊어지는 줄.

폐자재들이 스르륵 미끄러지면서 도로에 떨어지기 시작하고. 쿵!

뒤쫓아 오던 차량이 간신히 폐자재를 피해 차선을 바꾸고.

뒤를 보고 철렁하는 구씨와 제호.

제호 세워!

너무 급정거는 아니게 끼익 정차하는 차.

제호와 구씨가 조심히 내려서 보면, 2,30미터 정도는 폐자재들이 떨어져 있다. 뒤차들이 일제히 비상등을 켜며 서행하기 시작.

컷 튀면, 제호가 허둥지둥 맨 끝 지점에 떨어진 물건을 주워 들고 서서 수신호를 하고, 구씨는 중간중간 떨어진 물건들을 주워 와 용달에 싣는데, 그사이 차량들이 꽤 많이 밀려 서 있다.

#완전히 서행하는 백 사장 차 안.

백 사장(골프복)이 뒷자리에 앉아 핸드폰을 보고 있는데,

끼어들려고 깜빡이를 켜는 소리.

백 사장 왜?

삼식　　사고 났나 본데요.

삼식은 서행 중에 끼어들려고 좀 애쓰는 분위기.

그렇게 차선을 바꾸는 백 사장의 차.

백 사장은 다시 핸드폰을 보는데,

백 사장이 수신호를 하는 제호의 옆을 지나쳐 가고,

그리고 구씨가 보이기 시작… 그때 문득 옆을 보는 백 사장.

백 사장 !

짐을 주워 들고 용달로 걸어가는 구씨와 같은 속도로 서행하는 백 사장 차.

백 사장 (구씨만 보며) 야야야야.

삼식　　에?

#구씨는 떨어진 자재를 짐칸에 던져 넣고 돌아서다가 멈칫.
차에서 내린 백 사장이 자신을 보고 있다.

백 사장 (유심히 보다가 확신) 맞지?

구씨　　!

백 사장 너… 뭐 하냐?

차에서 내린 삼식도 구씨를 보고 살짝 고개 숙여 인사.

제호는 수신호를 하다가 용달을 돌아보고는 그런 두 사람을 보고!

마주 서 있는 두 사람의 이상한 기류.

## 22. 폐자재 처리 업체 (낮)

혼자서 목재를 다 내린 제호. 잠깐 숨을 돌리는데,

구씨 생각에 영 느낌이 좋지 않고.

그렇게 있다가 짐칸의 뒷받이를 세워 채우고, 운전석으로.

## 23. 야외 테이블 (낮)

(카페나 음식점의 휴게소 같은) 야외 테이블에 마주 앉아 있는 구씨와 백 사장.

백 사장은 빙긋이 구씨를 보며

백 사장 오늘 이상하게 공이 잘 맞더라. 이런 날도 있구나 신기했는데… 이런 날도 있네? 죽었는지 살았는지, 꼭꼭 숨어버린 구자경을, 길거리에서 다 보고.

구씨 (피식)

백 사장 (구씨의 신발과 행색을 보고) 뭐 하는 거냐? 쑈하는 거냐? 망가진 척?

구씨 (피식) 쑈는. 내가 왜 망가진 척해야 되는데?

이 새끼가! 백 사장이 굳은 얼굴로 구씨를 보다가

백 사장 세상에 어떤 놈이 지 여자 죽었는데, 전화해서, 운전 중이시냐, 일단 차 세워봐라… 그딴 얘기를 할까.

구씨 …

백 사장 나 우리 와이프 죽었다고 하는 줄 알았다. 니 여자잖아.

구씨 …

백 사장 이 새끼, 연기하는구나… 이 새끼, 죽기 바랬구나…

구씨 …!

## 24. 국도 변 (낮)

차들이 쌩쌩 달리는 국도 변…

그 길가를 덤덤히 걷는 구씨…

어디서부터인지 한없이 걸어오는 듯…

핸드폰도 지갑도 없이 맨몸이었던 듯…

그런 모습 위로…

백 사장 (E) 너 키우던 개새끼 죽었을 때 아주 서럽게 울었대매. 몇 날 며칠 눈이 벌게서 다녔대매. 근데, 사람이 죽었잖아. 니 여자잖아.

[INS. 전 씬의 야외 테이블…]

백 사장 근데 눈물이 안 나니? 인간이 어떻게 그러니?

구씨 (피식 웃으며 여유롭게) 걔가 얼마나 사람 질리게 하는지 모르죠? 동생이니까 모르지.

현재의 구씨. 수행자처럼 진 빠진 얼굴로 걷기만.
해가 떨어지고 있는 와중에도 계속 걸어가는 구씨.

## 25. 불 꺼진 구씨네 (밤)

미정이네 집 쪽에서 보이는 불 꺼진 구씨네.

## 26. 집. 거실과 주방 (밤)

물을 마시며 구씨네를 보는 제호. 아직 안 들어온 듯. 마음이 안 좋다.
혜숙은 바닥에 앉아 소쿠리 가득한 고구마줄기를 까며

혜숙 (자세히는 모르는) 천만다행이지. 달리다가 큰 사고라도 났으면.

제호 (물컵을 들고 개수대로 가 대충 씻고)

혜숙 내일 당장 줄 갈아요. … (혼잣말처럼) 구씨 없었으면 어쩔 뻔했어.

물컵을 놓고 돌아서던 제호가 창밖을 보는 눈빛.

#구씨가 오고 있다. 집으로 들어가는 구씨.
조금은 안심이 되는 제호.

## 27. 구씨네 (밤)

구씨는 생수를 벌컥벌컥 마시고. 지친 듯 가만히 앉아 있다. 휑한 얼굴. 그렇게 숨을 고르다가 보면 창희가 준 술이 눈에 띄고.
일어나 가져와 따라 마신다.
그리고 또 맥 놓고 가만히. 너무 지쳤다.

## 28. 역사 근처 편의점 (밤)

미정이 술병을 들고 제품 설명서를 가만히 보는.
주인이 미정이 든 술을 넘겨보며 조용히 미정 뒤로 지나가는데, 미정은 집중하느라 모르고. 주인은 배갈 종류의 술이 진열된 곳을 가리키며

주인　가끔 이것도 사 가던데. (하며 가고)
미정　!

내가 누구 걸 사는지 안다는 건가.
그러나 주인은 계산대 쪽에서 일만 하고.

미정은 주인이 가리킨 걸 들어서 보는데

주인 (계산대 쪽에서 일하며) 몇 살이래?

미정 ! (보는)

주인 (미정을 보며, 상냥한) 어디 사람이래?

## 29. 구씨네 (밤)

구씨는 전 씬과 같은 자세로 앉아 있고, 술병은 거의 다 비워져 가는데, 미정은 가스레인지에서 마른 한치를 구우며

미정 자꾸 묻길래… 그냥 내 마음대로 대답했어요. '서른여덟이요. 서울 사람이요.' 이름이 뭐냐고 물어볼까 봐, 구자철, 구자승, 구자경…

구씨 !

미정 '자' 자로 정신없이 머리 굴리고 있는데, 이름은 안 물어보더라고. (구씨를 돌아보며) 맞았나, '자'? '본'이거나 '자'거나, 둘 중에 하나잖아.

구씨는 표정 없는 얼굴로 있다가 미정이 돌아보자 얼른 술을 들이켜고.
미정은 뭔가 이상한 걸 감지하고.
구운 한치 접시를 들고 와 테이블에 놓고 서서

미정 피곤한가 부네.

구씨 (지친 듯 심호흡을 하고) 10키로를 걸었다…

미정 왜?

구씨 (차갑게 빤히 보는. 지금 그 말을 해야 되나…)

미정 (느낌이 안 좋고)

구씨 (회피하며 딴말) 지갑이 없었어.

미정 … (이상하지만, 보다가 가뿐하게 접는) 쉬어요.

## 30. 동네 일각 (밤)

미정은 구씨네를 나와 괜히 돌아보게 되고.

집으로 가는데 뭔가 느낌이 안 좋다.

## 31. 집. 거실과 주방 (밤)

기정이 화장실에서 씻고 나오고, 미정은 "다녀왔습니다" 하며 들어오는데, 혜숙이 고구마줄기를 데치며

혜숙 저녁은?

미정 먹었어요. (방으로 들어가는데)

혜숙 근데 왜 구씨네서 나와?

미정 !

움직이던 기정도 살짝 철렁하고.

혜숙은 여전히 고구마줄기를 데치고 있고, 별 뜻 없이 물어본 것 같은.

혜숙　술 사다달래?

미정　(우물쭈물하다가) 그냥… 얘기하다가…

혜숙　무슨 얘기?

기정은 그냥 방으로 들어가 버리고.

혜숙이 그제야 미정을 보는데,

별 뜻 없이 물었는데 우물쭈물하는 미정을 보자 뭔가 이상하고.

혜숙　왜… 말을 못 해?

미정　…사귀는데.

혜숙　!

#방에 있던 기정도 놀란 눈으로 거실 쪽을 돌아보고.

#미정은 눈치 보며 미적거리다가 방으로.

혜숙은 멍하게 있다가 아이구야… 하며 개수대 쪽으로 돌아서다가 다시 돌아보게 되고. 또 아이구야… 싫지도 좋지도 않은 느낌.

#안방. 제호는 들었는지 못 들었는지 TV 앞에 가만히.

## 32. 술집 외경 (밤)

술집 간판 [광화문 1번가]

## 33. 술집 (밤)

창희, 민규, 남자1(5화의 남자1과 동일 인물)이 술을 마시고 있고.
남자1은 이미 많이 취해서 흐트러져 있다.

창희 서릿발 날리게 무섭게 터질 게 백 개는 되는데… 없어 보이게 먹는 걸로 터지고 씨이…

남자1 넌 어떻게 술자리에서 얘기가 8할은 정아름 얘기냐. 사랑하는 여자도 아니고.

창희 나도 그만하고 싶다. (말끝에) 그만 봐야 그만하지 씨이…

민규 걱정 마. 이번에 과장 달고 헤어져. 며칠 안 남았어.

창희 …달아야 다나 부다지.

민규 둘 중에 하나는 달겠지. 니가 달든, 정 선배가 달든.

창희 정아름이랑 헤어지는 날, 나 말리지 마라. 진짜 어마어마하게 쏟아부을 거다. 인간이 개조 안 하고는 못 배기게, 아주 처참하게 너덜너덜하게.

민규 나 참전한다.

창희 참전비 세워준다. 당미역 앞에. (술잔을 기울이는데)

남자1 쏟아붓는 건 쏟아붓는 거고. 야. 염창희. 너 정아름이 왜 그렇게 꼴 보기 싫은지… 그건 생각해 봐야 된다.

창희　(휘릭) 그걸 생각해 봐야 알어? 넌 정아름이 안 싫어?

남자1　넌 그냥 싫어하는 정도가 아니잖아. 너무너무너무너무너무 싫어하잖아.

창희　너무너무 싫게 해!

남자1　우린 그냥 미친년인가 부다 해!

창희　미친년이랑 옆자리에 앉아 있어 봐. 옆에서 하루 종일 떠드는 거 들어봐. 인간의 결이라고는 1도 없는 여자가, 욕심만 어마어마해서, 너무너무 재미없는 얘기 종일 떠들어대는 거 들어봐.

창희가 기분 나빠하는 것 같자, 남자1은 접는 듯하다가…

남자1　…정아름이 부자가 아니었으면 니가 그렇게 미워했을까?

창희　(뭔 소리야 이 새끼)

남자1　평범한 집안에 평범한 여자였으면… 그렇게 미워했을까?

창희　(감정 상했고. 한 템포 참는다)

남자1　좀 솔직해지라고…

창희　('솔직'이란 말에 빡) 내가 안 솔직해? 말해봐. 내가 구려? 내가 구린 놈이야? 그런 애는 부자든 아니든 싫어하는 게 마땅해.

남자1　내 말은.

민규　그만해라.

남자1　내 말은, 너도 정아름처럼 욕심 있는데, 없는 척하는 걸 수도 있다고. 세상에 욕심 많은 인간이 한둘이야? 근데 왜 그렇게 정아름을 미워하냐고!

창희　그럼 내가 아는 인간 미워하지 모르는 인간 미워하냐?

남자1　내 말은! 니 욕심을 부정하지 말고, 맘껏 펼쳐보라고! 너 부자 되면 정아름 안 미워한다.

창희　(또 한 템포 참고) 부자 되면 내가 누굴 미워하겠냐? 이미 충만인데. 뭐가 필요해서? 이 새끼는 하나 마나 한 얘기를… (그리고) 부자 되면 조금 미워하겠지. 아주 조금.

분위기가 안 좋아지고.

창희는 의자 소리 나게 훅 일어나 화장실 쪽으로.

남자1　…내가 잘못한 거냐?

민규　(그러한 듯. 말없이 남자1의 잔만 채워주고)

남자1　팩트는 날려줘야 되는 거 아니냐? 친구 사이에.

## 34.　광화문 앞 (밤)

차들이 쌩쌩 달리는 소리가 들리고.

전 씬보다 취해서 허하고 텅 빈 얼굴로 뭔가 올려다보고 있는 창희.

보면, 위엄 있게 서 있는 이순신 동상.

어마어마한 시간과 역사를 마주하고 있는 것 같은 기분.

그렇게 보고 있는데

민규　(E) 가자아.

민규가 가다 말고 한쪽에 서 있다. 지치고 힘든.
창희는 보다가 꾸물꾸물 민규 쪽으로 움직이고. 동상을 돌아보며 간다. 민규와 같이 발길을 옮기고.
걸어가는 창희와 민규의 뒷모습에서.

창희 사나이 인생… 나라를 구하는 것도 아니고… 왜 이렇게 쪽팔리냐…

그렇게 걸어가는 두 사람…

## 35. 공장 (다음 날, 낮)

비 오듯 땀을 흘리는 제호. 역시 가쁜 숨을 참으며 묵묵히 일하는 구씨. 밀짚모자에 얼굴 가리개며 팔 토시까지 중무장한 혜숙이 말없이 들어와 챙겨 온 냉커피를 얼음 사발에 콸콸 따르고. 밭일하러 나가려는 듯 허리춤에는 여러 도구가 주렁주렁. 제호는 기계를 끄고 흐르는 땀을 닦고. 냉커피를 꿀꺽꿀꺽.
혜숙은 밭일하러 나가다가 용달을 본 듯 문간에 서서

혜숙 줄 안 갈아요?
제/구 …

각자 제자리에서 땀을 닦고 숨을 고르기만 하는 제호와 구씨.

대답할 기운도 없다.

혜숙은 그냥 가고.

컷 튀면, 각처에서 휴식을 취하는 두 사람.

눈이 시리게 맑은 문밖을 본다.

그렇게 있다가…

제호 나만 이러고 살지, 씽크대 하면서 외제차 몰고 골프 치러 다니는 사람들 많아. 꾸준히 하면 남부럽지 않게 살아. (눌러앉기를 바라는)

구씨 …

서로 말이 없고.

구씨는 가만히 있다가 일어나 차 키를 챙겨 들고 나가며

구씨 줄 사 올게요. (나가는)

구씨가 용달에 오르고.

앉아 있는 제호의 눈에 용달이 지나가는 게 보인다.

## 36. 동네 일각 (낮)

동네를 빠져나와 덤덤히 운전해 가는 구씨…

## 37. 미정 회사. 사무실 (낮)

미정은 컴퓨터에 집중하는데… 펜이 바닥에 떨어지고.

펜을 주워 들고는 바닥을 보고 가만.

발아래 쪽에, 네일(붙이는 손톱) 하나가 떨어져 있다.

미정 뭐든지… 바닥에 떨어져 있는 건 기이한 것 같애.

그 말에 지희가 미정을 따라서 바닥을 보고.

미정 그냥… 네일일 뿐인데, 왜 여자의 시체를 보는 것 같을까?

지희 (네일을 보다가 미정을 보는) 무섭게…

미정 누구 꺼야?

지희 몰라. (발로 네일을 구석으로 밀어버리고)

지희는 다시 일에 집중하고, 미정도 일에 집중.

## 38. 도심 일각 (밤)

기정과 원희가 걸어가고. 원희는 골난 듯 툴툴대며 얘기

원희 간만에 백화점 나갔다가 기분만 잡치고. 뭐 잘났어? (여자들) 왜 그렇게 오바해서 호호거려? 나 혼자라서 주눅 들어야 돼?

기정 담엔 나랑 같이 가.

원희 립스틱 하나 사러 나갔다가… 괜히…

## 39. 신호등 앞 (밤)

기정과 원희가 신호등을 건너려고 서 있는데,

건너편 전광판에는 TV 화질 광고처럼 꽃이 피는 장면을 빠르게 돌린 화면이 흐른다. 여러 종류의 꽃들이 빠르게 피는 모습이 몽환적으로 반복되는데.

그 화면을 넋 놓고 올려다보며, 말은 그냥 입이(영혼이?) 알아서 하는 느낌.

원희 난 왜 백화점에서 무리 지어 쇼핑하는 내 또래 여자들이 그렇게 꼴 보기 싫을까.

기정 돈 쓰러 왔으니까. 남편도 있을 거야. 애도 있고. (우린 없고)

원희 …그 여자들 앞에서 그 여자들이 못 사는 아주 비싼 걸 사서 기를 팍 죽이고 싶어. 제일 섹시하고 제일 멋진 옷도 제일 잘 소화하는 몸매이고 싶어.

기정 …난 무리 지어 다니는 여자들보다 4인 가족이 더 꼴 보기 싫어. 그 철옹성.

원희 …우리도 가족에서 나왔는데.

기정 우린 식구들끼리 절대 안 돌아다녀. 미쳤니? 집구석에서 보는 것도 징그러운데. (잠잠히 전광판을 보며) 우리가 꾸린 집구석도… 우리가 나온 집구석하고… 똑같을까?

그때 신호가 바뀌자 구경 끝. 건너가며

원희　똑같애 똑같애. 근데 그걸 또 하고 싶어 해. 이런 미련 곰탱이 같은 인간이. 으.

## 40. 도로 일각 (밤)

네댓 명의 부모들과 모여 있는 희선 앞에, 노란 학원 버스가 도착.
초반에 내리는 유림을 희선이 반갑게 맞고.
각기 부모들과 아이들이 "안녕히 가세요" 서로에게 인사.
아이들도 어른들한테 고개 숙여 인사하고.
희선은 사람들이 듣게끔 인사하자마자 바로

희선　고모가 (가방) 들어줄까?
유림　됐어. (앞장서고)
희선　고모가 오징어 튀김 해놨는데.
유림　(말없이 가고)

## 41. 한적한 골목 (밤)

한적한 골목길을 둘이 나란히 걷고

희선 고모가 도서관에서 필독 도서 다 빌려다 놨어.

유림 …

희선 힘들지?

유림 … (쳐다도 보지 않고) 고모는 왜 말할 때마다 맨날 '고모가 고모가' 그래?

희선 …사람들이 엄마라고 오해하면 니가 기분 나쁠까 봐.

유림 …?

희선 엄마가 더 이쁘잖아.

유림 …!

## 42. 태훈이네 (밤)

유림은 TV 앞에 앉아 오징어 튀김을 먹고.

희선은 주방에서 일하고, 태훈은 막 씻은 듯 젖은 머리로, 수건과 빨랫거리를 세탁기 쪽으로. 경선은 취했으나 안 취한 척 앉아 있는데 숨소리가 거칠고. 소파에 앉아 뚱하니 유림을 내려다보다가

경선 맛있냐?

유림 (상관없이 먹고)

경선　넌 고모 있어서 좋겠다? 맛있는 것두 해주고. 고모의 고모는…
(욕이 나올 것 같은데)

태훈　취했으면 들어가 자.

경선은 그런 태훈을 눈으로 좇으며 노려보다가 유림에게

경선　너, 고모밖에 없다. 큰고모랑 작은고모는… 여자가 아니기로 했어. 니네 아빤… 아직 남자야.

태훈은 무슨 얘기를 하는 건가 경선을 보는데,
경선은 태훈과 눈이 마주치자 비웃고.

경선　다 알어 새꺄.

태훈　! (설마. 기정과의 일을 안다는 건가?)

경선　그 여자가 샤넬 사달라던? 우리한텐 샤넬 립스틱 하나 안 사주면서.

희선　! (무슨 얘기인가…)

경선　트렁크에 있는 거 봤어 임마.

태훈　(안심되면서, 어이없고) 쇼핑백이 샤넬이면 안에 든 것도 샤넬이야? 빤찌 들었다.

경선　(취해서 흔들리는 와중에 머쓱한데)

희선　들어가 자!

경선　재 분명히 여자 있어.

희선　(눈으로 잡자)

경선 톡하면 핸드폰 봐 재. 잠금장치 모션도 계속 바꾸고. 너 원래 잠금장치 없었잖아. (대답 못 하는 태훈을 보자) 맞대니까. 저 새끼 여자 있다니까! 너 핸드폰 봐봐 새꺄!

희선 (경선의 머리통을 날려버리고)

모두 !

희선 욕하지 말랬지. 애 아빠한테…

유림은 일어나 먹던 걸 정리하기 시작. 태훈도 돌아버린다 싶고.

경선 (울컥) 나는? 나는? 나 고모야. 낼모레 마흔이야.

## 43. 태훈 방 (밤)

마음이 안 좋은 듯, 잠시 머뭇거리던 태훈은 핸드폰의 잠금장치를 풀고, 기정과의 대화 창으로 들어가 어디부터 삭제해야 되나… 본인이 쓴 [괜찮으세요?]부터 클릭. 삭제하기 위해 대화를 하나하나 클릭하는데 기정의 톡. [네. 괜찮아요. 신경 쓰지 않으셔도 돼요. / 다행이네요. 크게 다치셨을까 봐… / 아녜요. / 오토바이 연락처 받아놨는데… (또 태훈의 톡) 아는 사이라고… / 넵. 동생하고 동생 친구예요. 아는 척한다는 게 그렇게 됐대요. / 아… 네… (또 태훈의 톡) 오늘은 푹 쉬세요. / 네. 쉬세요. (그리고 다음 날에 태훈의 장문의 톡에 기정의 답은) 이렇게 케어해 주시고. 참 좋으신 분. (감동의 이모티콘) 네. 그래요. 또 즐겁게 마십시다. (그리고 기정처럼 느껴지는 사랑스러운 이모티콘)]까지 클릭. 통째로 삭제.

핸드폰을 툭 던져두는데, 태훈의 눈에 띄는 너바나 앨범. 가만히 본다…

## 44. 구씨네 (밤)

구씨는 주머니에 손 넣고 서서 멍하니 창밖을 보고 있고,

미정은 싱크대에서 씻은 청포도를 담으며 얘기…

미정 버스 창틀에서도 인조 손톱 본 적 있는데, 진짜 이상했어. 있어야 할 곳에 있지 않은 것들은 다 기이해. (생각하듯) 땅에 누워 있는 새… 나무에 매달린 사람…

구씨 ('화단에 떨어져 누운 여자'를 생각하는 듯 가만…)

미정 (문득) 밭에 있는 개도 이상하고. (그러다가 구씨를 돌아보며) 웬일로 술을 안 마셨대?

구씨 …

구씨는 대답 없이 소파로 가 앉는데,

한쪽에 있는 구씨의 핸드폰이 진동으로 드득 울리고.

문자 내용은 [왜 또 전화를 안 받아 새꺄!]

또 진동으로 울리고. [너 백 사장 새끼 만났대매? 어떻게 된 거야 새꺄?]

미정은 접시를 들고 테이블로 가며, 동선상에 있는 구씨의 핸드폰을 들고 가 건네는데. 구씨는 보다가 마지못해 받아서는 (확인도 안 하고) 테이블에 그냥 놓고.

미정　!

구씨　…

미정　왜 안 받아?

구씨　(건성) 안 받아도 돼.

미정　…오늘도 피곤하신가?

구씨　… (애매한 미소로 미정을 보는)

미정　왜 그래?

구씨　… (시선을 돌리고) 사귄다고 했대매?

미정　음.

구씨　뭐하러. 언제 떠날지도 모르는데.

미정　…!

구씨　… (보며) 다들 모르고 지나갈 수도 있는데.

미정　…사귀고 헤어지는 게 뭐 대단한 거라고 그런 걸 비밀로 해.

구씨　!

구씨가 시선을 돌리고.

미정은 테이블에 앉아서.

미정　몇 개만 먹고 일어날게.

구씨　…

미정　그동안 하고 싶은 얘기 있으면 해요. (쓸데없이 차갑게 굴지 말고, 그냥 말해.)

미정이 포도 한 알을 떼서 먹고. 그걸 가만히 보는 구씨.

미정이 또 포도 한 알을 떼서 먹자

구씨 옛날에…

미정 ! (시작했군. 뭘까)

구씨 TV에서 봤는데, 미국에 자살 절벽으로 유명한 데가 있대. 근데 거기서 떨어져서 죽지 않고 살아남은 사람들을 인터뷰했는데, 하나같이 하는 말이, 3분의 2 지점까지 떨어지면, 죽고 싶게 괴로웠던 그 일이 아무것도 아니었다고 느낀대.

미정 !

구씨 몇 초 전까지만 해도 죽지 않고는 끝나지 않을 것 같애서… 발을 뗐는데, 몇 초 만에… 그게… 아무것도 아니었다고 느낀대…

미정 (무슨 말을 하는 걸까…)

구씨 그럴 것 같앴어… 그래서 말해줬어… (빙긋이 보는)

미정 ?

구씨 … (말하는 것도 지겹고, 설명해야 되는 것도 지겨운 듯, 숨을 끌어모아 쉬고) 사는 걸 너무너무 괴로워하는 사람한테… 상담은 절벽에서 떨어지지 않고, 그 3분의 2 지점까지 가는 거라고. 그러니까 상담받으라고 했는데… (미정을 보고, 피식) 그냥… 떨어져 죽었어.

미정 !

구씨는 딴 데를 보고.

그렇게 조금 시간이 흐르고. 미정은 어렵게 묻는다.

미정　누가?

구씨　… (대수롭지 않다는 듯) 같이 살던 여자.

미정　…!!

[INS. 야외 테이블 (낮) - 회상]

백 사장 이 새끼… 죽으라고 한 얘기구나… 가뜩이나 위태위태한 애한테… 죽으라고 심은 얘기구나…

구씨　…

다시 현재의 구씨와 미정.

구씨　맞아. 죽으라고 한 얘기야.

미정　!

구씨　너무너무 지겨워하는 여자 보는 게, 너무너무 지겨워서…

미정은 어떻게 반응해야 될지 몰라 굳은 얼굴인데,

구씨는 대수롭지 않은 듯 코웃음 치며,

구씨　그만하라면 그만하고.

미정　!

구씨　추앙. 취소해도 돼.

미정　!

서로를 보는 두 사람. 미정은 시선을 돌리고.

정지 화면처럼 가만히 있던 미정은 만만찮게 차가운 얼굴로

미정　언제 추앙했는데?

구씨　!

## 45.　동네 일각 (밤)

뚜벅뚜벅 집으로 가는 미정의 뒤통수.

가다가 멈춰 서는 뒤통수.

돌아보지 않고 그냥 쭉 간다. 뚜벅뚜벅.

## 46.　집. 자매 방 (밤)

어두운 방. 모로 누워 있는 미정.

이불 속에서 창창히 빛나는 눈빛. 공포와 충격으로 살아 있는 눈빛.

## 47.　구씨네 (밤)

구씨는 그사이 술을 꽤 마셨다. 편안하고 여유로운 얼굴.

[INS. 야외 테이블 (낮) - 회상]

백 사장 이 새끼가 죽인 게 맞는데, 고소해도 어떻게 성립이 안 돼. 나가 죽으란다고 죽었다고 고소가 돼? 그럼 어뜩하니. 나도 너 그냥 죽이는 수밖에.

구씨 (기세에서 밀리지 않고 코웃음 치며) 나 그렇게 꼭꼭 안 숨었어요. 문 열어놓고 기다렸어요. 안 오던데? 내 업소 싹쓸이하고 나니까 조용하던데? 동생 복수는 개뿔…

현재의 구씨는 핸드폰을 들어서 문자를 대충 확인하고 던져두고. 눈에 들어오는 미정이 먹다 만 포도.
심호흡을 하고 엷은 미소… 멀리 아래를 본다…
심각해지고 싶지 않은 마음.

## 48. 집. 창희 방 (밤)

엎드려 자고 있는 창희에서.
[INS. 꿈. 위엄 있게 서 있는 이순신 동상. 동상이, 갑자기 칼을 빼 들고 무섭게 달려와 화면을 덮치며 칼을 내려친다.]
눈을 뜨는 창희. 엎드려 자던 자세에서 눈만 뜨고 가만.

## 49. 창희 회사 외경 (다음 날, 낮)

## 50. 창희 회사 (낮)

창희는 자판을 치지도 않고 조용히 일하는 분위기.

꿈의 여파로 뭔가 조심하는 기색. 좋은 꿈인지 나쁜 꿈인지 모르겠다.

강 팀장 두 사람, 좋은 꿈들 꿨냐?

아름 그냥 아침 9시 땡 하면 발표하고 말지, 5시는 뭐야. 사람 약 올리는 것도 아니고.

강 팀장 아침에 발표하면. 근무 중에 여파 생각 안 하냐?

아름 (휘릭) 안 될 거라고 생각하시는 거예요?

강 팀장 (눈빛) 되든 안 되든. 여파 없어?

아름 (뾰로통한데)

강 팀장 (창희에게) 결과 어떻게 나오든 저녁에 다들 한잔하자.

창희 …네. (차분히 몸 사리는 느낌)

## 51. 미정 회사. 사무실 (낮)

미정이 핸드폰으로 톡을 보고 있다. 현아와의 톡방.

[오늘 저녁에 시간 되나? / 저녁 먹을까 하고.]

계속 읽지 않음이고. 톡을 보다가 전화를 거는데,

계속 신호음만 가고 받지 않는다.

## 52. 현아 원룸 건물 (낮)

#현아의 원룸 건물로 들어가는 미정.

#미정이 계단을 내려가다가 멈칫. 안에서 큰 소리가 들린다.

남자 (E) 나한텐 잔다고 그러더니 그 새끼랑 밤을 새고 들어오냐?

현아 (E) 자고 있었다고! 자다가 전화받고 나간 거라고 몇 번을 말해?

남자 (E, 꽥) 왜 자다 말고 전화를 받고 나가냐고! 전 남친한테?

## 53. 현아 원룸 (낮)

현아는 방어적 자세로 한쪽 구석에 쪼그려 앉아 있고, 남자는 열받아서 있고.

현아 그럼 아파 죽겠다는데 안 가?

남자 미쳤냐? 헤어진 전 남친이 아프다고 한다고 가게?

현아 어! 헤어져도 가, 난! 너랑 헤어져도 니가 아프다고 하면 가. 전전전전 남친이어도, 10년 전에 사귀던 놈이어도 가, 난!

남자 그래서 밤새 간호하다가 왔다고?

현아 (억울해서 꽥) 아파 죽겠는 놈이랑 뭘 하냐고오!!

남자가 물건을 내던지기 시작. 소리를 지르며 머리를 감싸 쥐는 현아.

## 54. 현아 원룸 건물 (낮)

#발소리를 죽이며 돌아서는 미정.

계단을 올라가는 미정의 뒤통수에서 안에서의 악다구니가 들리고.

#도망가듯이, 건물을 등지고 빠르게 걸어가는 미정.

## 55. 도심 일각 (밤)

땅만 보며 번잡한 도심을 생각 없이 걸어가는 미정.

## 56. 술집 (밤)

기정은 술이 취해서 휑한 얼굴로 가만있다가 얼른 마시고.

기정 분명히 괜찮았는데. 왜 어제랑 기분이 다르지?

원희 …술이 들어갔잖아.

기정 …자꾸 그 말이 떠올라. 부모님 돌아가시고 두 팔이 없어진 것 같았다는. 약하다는 느낌에서 벗어나고 싶어 하는 남자를 버린 것 같애서… 마음이 안 좋아. (욱) 내가 까였잖아! 근데 왜 자꾸 내가 버린 것 같을까? 미치겠네. 뭐니 이거? 내가 버림받았거든! 내가 까였거든!

기정은 괜히 딴 데 보다가 가만히…

기정　여기서 그 사람 집까지 500미터…

그렇게 말하고 정지돼 있는 것 같은 얼굴.

그러다가 갑자기 가방을 챙겨 들고 훅 일어나고.

기정　가자! (테이블을 빠져나가고)

원희　(철렁해서) 어딜?

기정　집에.

## 57. 술집 앞 (밤)

#뚜벅뚜벅 걸어가는 기정.

원희는 뒤늦게 술집에서 나오고.

원희　천천히 가.

기정　(뚜벅뚜벅)

원희　너 화장실 안 들러?

기정　(뚜벅뚜벅)

#혼자서 뚜벅뚜벅 걸어가는 기정의 모습에

기정 (E) 달아나자, 달아나자… 그런 심정으로,

## 58. 달리는 전철 (밤)

취해서 앉아 있는 기정.

기정 (E) 서둘러 전철을 탔습니다. 내가 불쌍해야 되는데… 왜 당신이 불쌍할까요… 조태훈 씨! 뻔뻔해지세요… 내 마음 편하게… 제발… 뻔뻔해지세요… (버럭) 염기정! 너, 까인 여자야. 주체를 상실하지 마. 누가 누굴 불쌍해해 지금!

기정은 속으로 말하느라 상체가 흔들흔들.
옆에 앉아서 핸드폰 하던 아저씨가 힐끗 한 번 보는.

## 59. 도심 옥상 (밤)

여유 있게 난간에 팔을 걸치고, 야경을 보고 있는 창희의 뒷모습.
창희의 머리 위로 담배 연기가 몽환적으로 느리게 올라온다.

## 60. 야외 공원이나 강변 (밤)

계단 같은 곳에 앉아서 뭔가 읽고 있는 미정.

바람에 떨리는 노트의 겉면을 보면 [나의 해방일지]다.

나쁜 기운에 빨려들어 가지 않으려고, 시치미 뚝 떼고 딴것에 집중하는 느낌. 바람이 불어 머리칼도 날리고, 종이도 떨리고…

## 61. 구씨네 (밤)

소파에 누워서 멍하니 천장을 보고 있는 구씨.

테이블엔 빈 소주병이 두어 병.

힘들게 일어나 앉아 잔에 술을 따르는데, 반 잔 정도 차다가 말고.

그걸 마시고. 멍하다. 뭘 해야 될지. 술을 사러 나가긴 힘들 것 같고.

그렇게 앉아 있는데, 순간 정전인지 전등이 나가고. 냉장고도 나가고.

모든 기기의 전원이 일제히 나가는 소리.

구씨 !

동네가 정전인지, 이 집만 그런 건지, 확인해 보려고 일어나는데, 어딘가에 정강이를 박았는지 툭 소리와 함께 쌍… 심호흡…

신경질이 잔뜩 나서 주방 창문 쪽으로 가 밖을 가만히 보는데…

그때! 현관문이 철컥 거칠게 열리고, 빠르게 저벅저벅 구둣발째 들어오는 소리!

급히 싱크대 서랍을 잡아 빼 아무거나 손에 쥐는데, 칼이고!

남자가 구둣발로 빠르게 저벅저벅 들어와 거실을 가로질러 화장실 쪽으로 직행하고, 문이 쾅 닫히는 소리. 뭐지? 싶은데, 이어서 뿌지직 요란한 소리.

그리고 하… 안도의 한숨을 쉬는 창희의 목소리.

순간 감이 오고. '저 개…' 긴장이 풀리며 욕이 나오고.

모든 기기의 전원이 들어오는 소리. 깜빡이며 켜지는 전등.

화장실 쪽을 노려보고 있는 구씨.

놀란 가슴이 쉽게 진정되지 않고.

컷 튀면, 변기 물 내리는 소리.

기진맥진한 창희가 화장실에서 나와 쓰러지듯 소파에 옆으로 눕는다. 눈가는 촉촉해서, 세상 하직하기 직전인 사람처럼 온화한 미소를 띠며 가만히 구씨를 본다. 긴장이 완전히 풀린.

창희 정전이었어요?

구씨 (미친놈… 고개를 돌려버리고)

창희 전… 이 기분이 좋아요… 다 쏟아내고 기진맥진한 기분… 팬티를 더럽히지 않고, 살아남은 자의 안도감…

구씨 (미친놈…)

창희 오늘 설사가 너무 하고 싶어서… 아이스라떼를 두 잔이나 원샷했는데… 하루 종일 신호가 없다가… 퇴근하고 역에서 내려 걸어오는데 갑자기. …갈 수 있다… 갈 수 있다… 집까지 갈 수 있다… 거의 다 왔는데… 아버지가… 푸세식에 들어가시는 거 보자마자… 읍!! 갈 수 있다… 형네까지 갈 수 있다… (좀 쉬고, 싱긋) 근데… 비데까지 있네? 엉덩이가 뽀송뽀송 날아갈 것 같애요… 저 푸세식 쓰잖아요… 아침에 출근하는 인간들은 셋인데, 화장실이 하나라… 형은 나의 로망이에요. 혼자 살면서, 비데 쓰는 남자.

구씨 … (쉽게 표정이 풀어지지 않고)

창희 왜 화났어요?

구씨 …

창희 놀랬구나… 죄송해요…

구씨 …

창희 둘 다… 안 됐어요. 나도… 내가 너무너무 싫어하는 여자도… 승진이 안 돼서… 또 1년을 봐야 돼요… (암담한 듯 잠깐 멍한 눈빛) 끼리끼리는 과학이라는데… (그리고 멍하니 정지. 혼잣말처럼) 왜 여기서 벗어나지 못하는 걸까? (다시 온화한 미소) 사방이 꽉 막힌 것 같았는데… 시원하게 쏟아내고 나니까… 좀 뚫린 것 같애요… 비록, 승진에선 미끄러졌지만, 팬티를 더럽히지 않고, 오늘도 살아남았습니다… (싱긋)

구씨 … (미치겠다)

창희 이렇게 작게 얘기하니까… 우리 참… 다정한 사이 같애요…

구씨 (홱 고개를 돌려버리는데)

창희 끼리끼리는 과학인데… 우린 뭘 하기로 예정된 사이일까요?

구씨 …

외면하고 있는 구씨의 모습에서,

전철이 달리는 소리와 "내리라고!" 하는 여자의 목소리가 선행되고.

## 62. 달리는 전철 (밤) - 회상. 겨울.

(차창 밖엔 눈이 내리고) 웅크리고 졸고 있던 구씨가 눈을 번쩍 뜨는데, 열차가 멈춰 있다. 둘러보다가 훅 내린다.

## 63. 당미역 (밤) - 회상. 겨울.

펑펑 쏟아지는 눈. 열차는 떠나고, 아직 정신을 못 차린 듯 두리번거리는데, 보이는 [당미역] 팻말. 낭패다. 잘못 내렸다.
그때, 계단 저 위에서

역무원 (E) 마지막 열차 갔어요!

구씨가 주머니를 뒤지는데 핸드폰이 없고!

## 64. 달리는 전철 (밤) - 회상. 겨울.

핸드폰은 좌석에 떨어진 채로 혼자 가고 있다.
진동으로 울리며 들어오는 문자.

[오이도역 1번 출구예요.], [어디쯤이세요?] 발신자는 삼식.

## 65. 당미역 앞 (밤) - 회상. 겨울.

눈이 펑펑 내리고. 구씨는 택시를 기다리는 듯 서 있고.

시계를 보는데, 많이 늦은 듯. 욕 나오기 직전인 얼굴.

저 멀리 한쪽을 보면 술 취한 남자가 쪼그려 앉아 있고, 그 옆엔 여자가 서 있다. 둘 다 중무장하고 모자를 눌러쓰고 있어서 얼굴은 보이지 않는데, 구씨는 저것들 때문에 잘못 내렸다는 원망의 시선으로 보다가, 다가오는 택시를 향해 손을 들고.

구씨가 탄 택시가 떠나면, 그제야 보이는 여자의 얼굴, 미정. "일어나라고!" 하면서 창희를 잡아끄나 꿈쩍도 않고.

## 66. 오이도역 앞 (밤) - 회상

[오이도역] 간판이 보이고.

허탕을 친 것처럼 역사를 우르르 빠져나오는 무리.

그들이 향하는 곳엔 백 사장이 있고.

한 놈이 백 사장에게 (전철에서 주운) 구씨의 핸드폰을 넘긴다.

핸드폰을 받아 보고는, 시팔… 욕이 나오는 백 사장.

좀 떨어진, 택시 안에서 몸을 낮추고 그런 바깥 풍경을 보는 구씨.

덫이었구나!

백 사장 (E) 누가 알려줬냐? 그날, 전철 타고 오다가 내렸대매?

[INS. 야외 테이블 (낮) - 회상]

백 사장 누가 알려줬어?

구씨 (혼자 생각에 빠져 야릇한 미소. 미정을 생각하는 듯)

## 67. 동네 일각 (밤)

현재. (술 사러) 역사 쪽으로 슬리퍼를 질질 끌며 가는 구씨.

그런 구씨의 모습에서

## 68. 동네 일각 (낮) - 회상

이 동네 들어와 살기 시작한 지 한 달 후쯤의 상황.

눈발이 날리고. 좀 피폐해진 모습으로 소주를 사 들고, 집 쪽으로 가는 구씨.

땅만 보고 가는데, 두어 명이 자신의 옆을 스치는 건 알겠고.

그렇게 가는데, 그때!

미정 (E) 아니라고!

걸어가다가 그 소리에 멈추게 되는 구씨.

"내리라고"와 같은 톤, 같은 목소리.

돌아본다. 티격태격하며 가는 창희와 미정의 뒷모습.

'저 여자구나…' 계속 보고 있는, 왠지 쓸쓸한 구씨의 눈빛.

미정이 가다가 힐끗 구씨를 돌아본다.

잠깐 눈이 마주치고, 미정은 다시 가던 길을 가는데,

계속 쳐다보고 있는 구씨…

## 69. 동네 일각 (밤)

#그 길을 걸어가는 현재의 구씨.
저 앞에서 마을버스가 온다.

#마을버스가 구씨를 지나치는데, 그 안에 타고 있는 미정이 구씨를 보고! 고개를 돌려 멀어지는 구씨를 보다가… 뚱하니 정면을 보는.
그렇게 가만…

#여전히 걸어가는 구씨.
그런데 구씨의 등 뒤, 저 멀리서 빠르게 종종종 걸어오는 한 사람이 보인다.

#부지런히 구씨를 향해 걸어가는 미정의 모습에서.

# 10

EPISODE

"난 아직도 당신이 괜찮아요. 그러니까 더 가요. 더 가봐요."

## 1. 동네 일각 (밤)

역사 쪽으로 걸어가는 구씨.

구씨 맞은편으로 저 앞에서 마을버스가 온다.

마을버스가 구씨를 지나치는데, 그 안에 타고 있는 미정이 구씨를 보고. 슬쩍 고개를 돌려 멀어지는 구씨를 보다가 마는 미정. 아무 생각 없이 가만. 여전히 걸어가는 구씨.

그렇게 구씨가 걸어가고 나면, 저 멀리서 걸어오는 한 사람, 미정.

무뚝뚝한 얼굴로 부지런히 구씨 쪽으로 걸어간다.

## 2. 역사 근처 (밤)

구씨가 역사 근처에 거의 다 왔고. 공중전화 앞을 지나쳐, 편의점 쪽으로 가는데, 그 공중전화에, 수화기를 붙들고 있는 한겨울 낮의 구씨의 뒤통수.

악에 받친 선배(현진)의 목소리가 수화기 너머에서 들려오고…

## 3. 화려한 클럽 (낮) - 회상. 겨울

영업 전인 클럽. 선배(현진)는 주변을 경계하며 낮게 통화하며 사무실 쪽으로. 일하던 똘마니들이 '물먹은 양반이 여길 어떻게'라는 표정으로 길을 터주고.

현진　우리만 감았어? 지는 안 감았냐고? 우리보다 더 해먹었으면 해먹었지. 우리 쳐내고 지 혼자 다 해먹겠다는 건데, 그걸 신 회장이 모를 리 없는데, 왜, 왜, 가만있겠냐고?

[INS. 신 회장은 보던 장부를 던져놓으며 편안한 미소로 백 사장에게, "알아서 해." (충성심을 가장한 놈한테 찬물 뿌렸다간 큰코다친다 싶은)]

그런 신 회장의 모습 위로

현진　(E) 신 회장 분명 기다린다.

## 4. 화려한 클럽. 사무실 (낮) - 회상. 겨울

현진은 여기저기 숨겨놓은 돈을 가방에 쓸어 담으며 통화

현진　우리가 백 사장 새끼 치고 올라오기 기다린다. 치자. 같이 치자고!

## 5. 역사 근처 (낮) - 회상. 겨울

공중전화에 있는 구씨는 병든 닭처럼 고개가 떨어지고.

구씨　형…

그리고 가만.

구씨 나… 힘이 하나도 없어…

하면서 무릎이 훅 꺾이자 간신히 다시 중심을 잡고.

## 6. 동네 일각 (밤)

미정은 멈춰 서서 제 생각에 빠져 가만히.
뚫을 것 같은 눈빛으로 가만있다가… 멀리 있는 편의점 쪽을 보며

미정 (E) 여자랑 헤어지고 싶을 때마다 무기로 쓰는 말이지? '같이 살던 여자가 죽었어. 내가 죽게 했어.'

'그렇게 말하리라. 괘씸한 놈.' 술 사 들고 올 거란 생각에, 더 이상 따라가지 않고, 오는 길목에서 기다리고 있는 것. 그런데 안 온다. 편의점 쪽을 보는데, 아무 변화 없이 조용한 편의점. 몇 번을 보다가 결국 그쪽으로 뚜벅뚜벅.

## 7. 역사 근처. 편의점 앞 (밤)

편의점 앞에서 안을 두리번거리는 미정.

주인이 그런 미정을 보고는 (집과는) 반대 방향을 가리킨다.
'저쪽으로 가던데?'라는 식으로, 본인도 의아하다는 표정.
미정은 슬쩍 인사하고는 주인이 가리킨 방향으로 움직이고.
두리번거리며 구씨를 찾다가,
순간 목적지가 떠오른 듯 뚜벅뚜벅 가기 시작.

## 8. 동네 일각 (밤)

사방이 밭이고.
가로등도 없는 어두운 길을 걸어가는 미정.

## 9. 너른 밭 (밤)

밭 한가운데 백구 세 마리가 귀를 쫑긋하고 있다.
보면, 저 멀리 구씨가 밭 끝에서 소시지 비닐을 벗기려고 하는데 취해서 힘들고. 옆엔 비닐봉지가 놓여 있고, 그 옆엔 편의점용 양주가 반쯤 비워져 있다. 그새 또 마신 듯. 구씨는 소시지를 붙들고 씨름하고, 개들은 정지했지만 언제든 돌진할 태세. 결국 구씨는 개를 등지고 돌아앉아서 까다가… 이로 뜯어보는데, 그때 가만히 있던 개들이 구씨를 향해 무섭게 돌진. 그걸 모르는 구씨.
그때! 가방을 내던지며 그 개들을 향해 와악 기괴한 동물 소리를 내며 무섭게 달려가는 미정. 눈동자는 개들을 쏘아붙이면서 급한 대로 길가에 아무거나 집어 들어 높이 쳐들고 괴상한 소리를 내며 위협하는 미정.

구씨 !

개들이 구씨를 향해 달려오다가 원을 그리며 다른 데로 가서는 여전히 포기하지 못하고 으르렁. 구씨는 어떤 상황인지 대충 감이 오고.

미정 이… 개새끼들이! (몇 발 구르며 위협) 안 가? 저 씨…

미정은 구씨의 손에서 소시지를 확 뺏어서 개 쪽으로 던지고.

구씨 !

미정은 구씨를 자신의 뒤에 두고 서서, 개 쪽을 보며 단음절로 끊어지는 육두문자…
구씨는 황당한 얼굴인데…

미정 (구씨를 보고) 들개라고요!
구씨 !

## 10. 근처 (밤)

어두운 길에 비닐봉지 소리와 슬리퍼 끄는 소리만.

구씨는 비닐봉지를 들고 걸어가고.

미정은 몽둥이를 하나 들고, 개가 오나 안 오나 뒤를 힐끗거리며 구씨를 따르고.

그렇게 가다가 구씨가 돌아본다.

미정 !

구씨 넌 자꾸… 상황을 크게 만들어.

미정 ?

구씨 오늘 팔뚝 한번 물어뜯기고… 내일 코 깨지고… 불행은 그렇게 잘게 잘게 부셔서 맞아야 되는데… 자꾸 막아서… 크게 만들어. 니가 막을 때마다 무서워… 더 커졌다… 얼마나 큰 게 올까…

미정 !

미정은 흔들림 없이 구씨를 보고,

구씨는 다시 힘들게 걷고.

검푸른 하늘에 별들이 무수히 많고. 그런 검은 길을 걸어가는 둘.

그런 두 사람 모습 위로

구씨 (E) 너는… 본능을 죽여야 돼… 도시로 가서 본능을 무뎌지게 해야 돼. 그래서 개구리 터져 죽은 얘기 같은 거 말고, 여자들 수박 겉핥는 얘기, 그런 지겨운 얘기를, 정성스럽게 할 줄 알아야 돼. 지겹고, 지겹게… 그래서… 남자가 지겨워 죽고 싶게… 본능이 살아 있는 여잔 무서워…

구씨가 멈춰서 미정을 돌아보며

구씨 너… 무서워… (아냐?)

그리고 구씨는 다시 가는데,
미정은 고개 숙이고 가만. 모욕을 감내하기로 작정한 듯한 자세.
뒤늦게 치켜뜨는 눈빛은 만만찮고.
구씨는 지친 듯 멈춰 서고, 야트막한 턱에 차분히 앉는다.
간신히 정신을 차리려고 애썼던 느낌. 지친다.
불쌍하게 힘이 없어지는 눈빛. 안방에 눕듯이 차분히 바닥에 눕는다.
침대 위에 누워 편히 쉬는 듯 천천히 심호흡.
은가루를 뿌린 듯한 밤하늘을 맥없이 바라본다. 빠져들 듯이…

구씨 (그런 하늘이 무섭고 낯선) 이런 데 사는 한… 넌… 본능을 못 죽여…

검푸른 하늘 아래, 바닥에 누워 있는 구씨.
조금 떨어져서 서 있는 미정.
구씨는 잠이 드는 듯, 멍하니 하늘을 응시하는데,
그때 용달이 오는 소리. 멈춰 서는 소리. 차 문을 여닫는 소리. 그리고 잠시 후,

창희 (E) 어우… 많이 드셨네.

그러더니 누워 있는 구씨 옆으로 창희의 얼굴이 들어온다. 구씨와 반대 방향으로 누워 머리를 엇갈리게 한 창희. 구씨는 옆에 누가 누웠는지도 모르고. 창희도 그렇게 하늘을 보다가, 핸드폰으로 둘의 사진을 찍는다.

창희 이렇게 다정한 사진은 인증샷을 남겨둬야…

그렇게 두어 장 찍고. 창희도 흐뭇하게 하늘을 본다. 편안한 두 사람의 얼굴.

창희 형… 우리… 같이 별 본 사이다…
미정 … (차갑게 둘을 내려다보다가) 일어나.

컷 튀면, 용달 문이 쾅 닫히고. 출발한다.
별이 가득한 검푸른 하늘 아래 멀어지는 용달이 마치 우주를 나는 우주선 같은.
그런 몽환적인 그림에서

## 11. 창희 회사 외경 (낮)

## 12. 창희 사무실 (낮)

창희가 자리에 앉아 핸드폰으로 통화를 하고

창희 (상냥하고 차분한) 산포시청이죠? 수고하십니다. 저는 곤달동 칠사팔 다시 육(748-6)에 사는 주민인데요, 곤달 저수지 가는 길에 위험한 개들이 있어서요.

그때 "신상품 교육 들어갑니다!" 하는 소리.

창희 (급해지는) 곤달 저수지 가는 길이요. 네네.

직원들이 우르르 일어나 교육실로 들어가는데,
팀장급 대여섯 명은 회의 테이블로 가며, 팀원들이 교육실로 들어가는 걸 보고. 민규도 들어가고, 아름은 뚱한 얼굴로 들어가고, 창희도 뒤따라 들어가고. 그런 창희와 아름을 보며 테이블에 앉는 강 팀장.

컷 튀면,
모두가 교육실로 들어가 조용한 사무실. 부장과 팀장급들만 있고.

강 팀장 신입 들어오는 김에 대리급들도 좀 회전시키는 게 어때요? 저희 팀에 정 대리하고 염 대리는 좀 떨어뜨려 놔야…
부장 왜. 둘이 많이 안 좋아?
강 팀장 (그것도 있지만) 염 대리 관리 지역에 정 대리 아버지 매장도 있고… 이번에 둘 다, 승진에서 두 번째 미끄러진 거라… 갈수록 분위기 안 좋아질 것 같은데.

팀장1 정 대리를 누가 받아. ··염 대리는 받지.

팀장2 염 대리는 받지.

강 팀장 (나도 염 대리를 넘기기는 싫은데)

## 13. 창희 회사. 교육실 (낮)

[INS. 신상품 소개 화면. 홈쇼핑처럼 쇼호스트의 목소리만 들리고 상품 위주로 보인다: 레트로풍의 소주병에, 이름은 '수작'. (E) "요즘 레트로가 대세죠. 술에도 레트로 감성을 담았습니다. **주류 회사와 합작해서 만든 제품인데요, 16.9도, 부드러운 목 넘김. 깔끔한 맛. 소주계의 명작, '수작'입니다. (잔을 코에 대고) 향도 좋아요. 코끝에서부터 부드러워요."]

창희는 그런 영상을 보며 마음에 드는 듯 낮게 "수작…" 이름을 되뇌고. 강 팀장의 염려와는 달리 뭔가 평온해 보이는 창희.

컷 튀면,
실내가 밝아지면, 테이블에 그 소주가 꽤 있고 시음해 보는데, 아름은 팔짱만 끼고 서 있고. 창희는 마셔보고, 오… 눈이 커진다. 민규는 그 정도는 아닌데 오바하네 싶은 시선으로 창희를 보고. 창희는 또 마시고는, 오호… 웃으며 감탄.

직원　(E) 한 병씩 가져가세요.

창희　(손 들고, 해맑게) 두 병 가져가도 돼요?

## 14.　공장 앞 (낮)

혜숙은 [산포시청]이라고 찍힌 소형 차량을 몰고 나온 두 명의 직원과 얘기.

혜숙　아니 그걸 왜 못 잡아.

직원　그놈들 우리만 보이면 산으로 튀어요. 귀신같이 알아요. 119 차도 알고, 우리 차도 알고. 그래서 걔들이 밭 한가운데 있는 거예요. 어디로든 튀게.

혜숙　마취총으로 안 돼?

직원　마취총도 가까이서 쏘는 거지, 그렇게 멀리선 못 쏴요.

## 15.　공장 (낮)

제호와 구씨가 땀 흘리며 일하는데, 밖에서의 대화가 들리고.

제호는 (혜숙이 따라 놓은) 수박 주스를 시원하게 꿀꺽꿀꺽 마시고.

구씨도 뒤늦게 와서 주스를 마시는데 여전히 들리는 소리

혜숙　(E) 포획 틀인가 뭔가 맨날 놔봤자 거길 안 들어가는데 뭐 해.

근처도 안 가. 낮에나 저러고 있지, 밤이면 먹을 거 찾아서 온 동네 돌아다니는데, 컴컴한데 눈만 번쩍번쩍… '저게 늑댄가…'

구씨의 얼굴 위로,

혜숙 (E) 우리 애들 밤늦게 오다가 그것들 만날까, 그게 제일 겁나.

직원 (E) 일주일 둬보고, 이번에도 그리 안 들어가면, 전문가 불러볼게요. / (차에 오르는 소리가 들리고) 가끔 가보세요. 들어갔나 안 들어갔나.

혜숙 (E) 안 들어간다니까. 수고했어요.

## 16. 공장 + 공장 앞 (낮)

차가 떠나고.

제호와 구씨는 다시 일을 하는데,

혜숙은 공장 앞을 정리하다가 어딘가를 보고 멈춰 선다. 정지해서 가만히 보는.

그쪽을 보면, 고급 세단이 오고 있다. 공장을 향해 온다.

저런 고급 차가 왜 들어올까, 하는 표정.

#차 안에서 보면, 혜숙 옆으로 [산포 씽크대]라는 입간판이 보이고. [산포 씽크대]라고 찍힌 용달도 보인다. 그걸 찾아오는 듯.

세단이 공장을 지나치듯이 스르륵 가는 타이밍에,

공장 안에 있던 구씨가 문 쪽을 보게 되는데,
운전석에 있는 삼식과 시선이 마주치고!
그대로 가는 삼식의 뒤통수에서… 아씨… 걸렸다 싶은 욕지기.
세단이 지나가자 혜숙도 하던 일을 마저 하고.
구씨는 아무렇지 않게 일하나 신경이 쓰이는 얼굴.

## 17. 참치 횟집 (밝은 초저녁)

창희네 팀 회식. 열 명 정도가 이제 모이기 시작했고. 자리 잡으려고 서서 왔다 갔다 하는 사람들. 창희는 홀에서 통화 중. "잠깐만 들렀다 가 가. 줄 게 있어서 그래."
강 팀장이 옆에 앉은 한 팀원(남)에게 뭐라 뭐라 속닥이자, 팀원은 "네." 그러더니 짐을 챙겨 조용히 맞은편에 있는 아름 옆으로 가 앉는데(아름의 오른쪽에는 이미 누군가 앉았고), 뒤늦게 자리에 두고 온 재킷이 보이고, 다시 그걸 챙기러 일어난 와중에, 팀원이 앉았던 자리에 앉으려고 하는 한 남자의 하체. 앉는 사람을 보면, 창희!
딴짓하다가 뒤늦게 그런 창희를 보는 강 팀장!
하달받은 팀원이 다시 자리로 오다가 엉거주춤하게 멈춰서 강 팀장을 본다. '어떡해요?'
그제야 창희는 뒤에서 어정쩡하게 서 있는 팀원을 보고는

창희　(일어나려고) 아. 여기야?
팀원　아녜요 아녜요.

팀원이 다른 자리로 가고.

강 팀장은 희한하다 싶은 시선으로 창희를 보는데, 창희는 정신이 딴 데 가 있는 듯 아름은 신경도 안 쓰는 분위기. 참치 회가 테이블에 놓이는데, 깔리는 회를 보고는 눈이 돌아가는 창희. '오…' 모두가 감탄하며 서둘러 착석하고.

강 팀장 (잔을 들고) 자자, 각자 원하는 걸로 알아서 잔 채우고. (잔 채울 때까지 기다려줬다가) 위하여.

모두 위하여! (마시고 잔을 놓고) 잘 먹겠습니다!

창희는 신나서 김 봉지를 뜯어 김을 꺼내는데,

아름 누가 요즘에 촌스럽게 김에 싸 먹는다고. (눈앞에 있는 김 봉지를 오른쪽 사람 쪽으로 던져놓으며) 치워.

그 말에 강 팀장은 창희를 보게 되고. 창희도 살짝 흠칫.

강 팀장 그냥 스타일대로 먹어.

아름 (창희 한 번 흘기고) 고급 참치를 안 먹어본 거지.

강 팀장 이것도 그렇게 고급 아냐. (창희에게) 그냥 먹어.

창희 (싸려던 김을 입에 넣고 우물우물) 그럼… 어떻게 먹어야 맛있는데요? (정말 궁금한)

강 팀장 ! (이상하다 싶고)

아름 (미운 놈에게 이걸 가르쳐줘야 되나. 건성으로) 부위를 봐. 기름지잖아. 이런 건 그냥 생와사비만 조금.

창희는 끄덕이며 생와사비만 조금 발라서 입에 넣고는 천천히 우물우물. 강 팀장은 저놈이 왜 저러나 싶은데, 창희는 맛을 보더니 '오…' 하는.

## 18. 도심 일각 (밝은 초저녁)

미정과 현아가 걸어가는데,
미정은 짙은 선글라스를 낀 현아를 미소로 힐끗거리며 걷고.

현아 맛있는 거 사준다니까, 기껏 냉모밀이야. 딴거 먹어. 나 돈 많아.
미정 냉모밀 먹고 싶었어. (현아를 힐끗 보고)
현아 스시도 먹어 그럼.
미정 (미소로 또 힐끗 현아를 보고)
현아 왜 자꾸 힐끗거려? 맞았을까 봐?
미정 (외면하며 미소)
현아 (선글라스를 올려, 멀쩡한 눈을 보여주며) 멋이야, 멋.

현아는 다시 선글라스를 끼고. 미정은 웃으며 가고.

## 19. 식당 (밤)

현아는 남친과 톡을 하며 미정에게 얘기.

현아 그 새끼 집에서도 대판 한 적 있는데, 애새끼가 치사한 게, 빡친 와중에도 싸구려만 골라 던지는 게 보여. 천 원짜리 2천 원짜리 머그컵 같은 거. 그래놓고 내 집에선 그 난장을 까? 벽지를 그 따위로 만들어놓고? 우리 집에서 제일 비싼 게 벽지야. 방 뺄 때 벽지 드러우면 50만 원 물어내야 돼. (다시 톡) 50만 원… 안 부치기만 해봐… 줘야 될 거다… 소장 받기 전에. (핸드폰을 놓고 먹는)

미정 이번엔 몇 점이었어?

현아 (생각해 보는) 십…오 점? (음) 괜찮았어. (진심)

미정 어디서 15점씩이나 준 거야? 폭력에 바람에 다 했는데?

현아 (음) 변명을 안 해. 바람피다가 걸렸는데, 어버버하다가 바로 잘못했다고 하더라.

미정 (헐…)

현아 뭐 걸렸다 싶으면, 바로 멍청해지는 것 같애. 사고 친 강아지처럼. 지가 잘못해 놓고도 적반하장으로 나오는 미친놈들이 한둘인 줄 알아?

미정 (피식)

현아 (슬쩍) 염미정 니 남친은 몇 점?

미정 15점은 넘었네. 변명은 안 하니까.

현아 오… 그리고?

미정 … (피식)

현아 그리고. 변명 안 하고.

미정 (피식) 보면 깜짝 놀랄걸? 서울역에서 주워 왔는 줄 알고?

현아 … (땡기는) 어마어마하구나?

미정 … (그냥 먹는)

## 20. 커피숍 (밤)

미정과 현아가 야경을 보며 가만히 있다가…

미정 내가 무서워?

현아 (보는)

미정 그 사람이 내가 무섭대.

현아 그 인간… 너한테 읽히나 부다.

미정 … (그런 듯)

현아 그냥 기라 그래. 무서울 땐 기는 거야. 짜식들이… 도망갈 생각부터 하지.

미정 …문제가 있긴 있어. (그래서 도망가려고 해.)

현아 …우리가 언제 그런 거 따졌니? 똑같은 인간을 놓고도, 사랑하지 못할 만한 이유 천 가지를 대라면 대고, 사랑할 만한 이유 천 가지를 대라면 또 대. 염창희 몰라? 정아름 써클렌즈 낀 거까지도 욕하는 거. 나도 껴. 나를 사랑하는 이유 천 가지에 써클렌즈가 들어가고, 정아름 미워하는 이유 천 가지에도 써클렌즈가 들어가. (결론) 이유 같은 게 어딨냐. 그냥 미워하기로 작정하고, 좋아하기로 작정한 거지.

미정 … (미소)

## 21. 참치 횟집 앞 (밤)

좀 전과 달리 무뚝뚝한 표정으로 통화를 하는 미정.

미정 왔어.

바로 전화를 끊고 가만.

다정하게 지나가는 남녀 커플을 표정 없이 보고.

그때 창희가 헐레벌떡 쇼핑백을 들고 나온다.

창희 (쇼핑백 안에서 소주병을 꺼내 보이며) 이 술 진짜 죽여. 형 빨리 먹이고 싶은데, 내가 오늘 늦어서…

미정 (창희 말이 끝나기도 전에 받아 들고 가버리고)

창희 (미정의 뒤통수에 대고) 내가 줬다고 꼭 말해.

창희는 종종종 다시 참치 횟집으로.

미정은 무뚝뚝한 얼굴로 걸어가고.

## 22. 술집 외경 (밤)

기정이네 회사 사람들 열댓 명이 회식하는 자리.

무리 틈에서 핸드폰으로 톡하는 기정이 보이고.

## 23. 술집 (밤)

톡을 하던 기정은 김새는 듯 핸드폰을 탁 놓고.

기정 (먹으며) 동생 집에 가는 중이래. 전철 타고 가야 돼.

소영 남동생이랑 같이 가시면 되잖아요.

기정 (살짝 펄쩍) 그 새끼랑 둘이 택신 안 타지. 징그럽게.

옆 테이블에 있던 이 팀장이 그런 기정을 보고

이 팀장 팀장님은 왜 맨날 전철이라고 하세요? 꼭 옛날 사람처럼.

기정 (?) 전철을 전철이라고 하지, 그럼 뭐라고 해?

이 팀장 지하철이라고 하지 않나, 다들?

기정 …경기도는 지하로 안 다니니까. 뭐 하러 힘들게 땅을 파. 맨 노는 땅인데.

이 팀장 경기도 사는 티 내지 말고, 그냥 지하철이라고 하세요.

기정 …나, 경기도 사는데?

어색해진 분위기. 그때 진동으로 전화가 울리자 액정을 보고는.

기정　!

핸드폰을 들고 급히 문 쪽으로.

(*기정의 앞자리는 비어 있다. 진우가 잠시 자리를 비운 상황.

기정은 손에 붕대 정도만 하고, 깁스 부목은 뺀)

## 24. 식당 앞 (밤)

문을 열고 나오면서

기정　(긴장) 여보세요?

진우도 한쪽에서 통화 중이다. 식사하다가 나온 듯.

## 25. 희선 가게 + 식당 앞 (밤)

경선은 주방 가까이에 놓인 스티로폼 박스에 든 문어(물 비닐에 담긴 생물. 이제 막 배달 온 듯)를 보며 통화 중이고.

경선　뭐 해? 퇴근했어?

기정　(왜 전화했을까?) 응.

#주방, 태훈과 유림은 이제 막 들어온 듯 손을 씻고, 희선은 옥수수 접시와 수박 접시를 홀로 내 가고

경선　집에 가는 중?
기정　아니. 잠깐. 밖에. 회식.
경선　어딘데? (사이) 근처네. 문어 안 먹을래? 너 문어 좋아하잖아.
희선　지가 먹고 싶으면서… 또 누구한테 덤탱일…

태훈과 유림도 홀로 나와 있고.

경선　(문어 좋아하는 거) 아닌가? 거기 대충 끝내고 이리 와 먹지? 물 좋은데. 태훈이가 한턱 쏘기로 했다며?
태훈　!!

그제야 통화 상대가 누구인지 감이 오는 태훈. 희선도 그렇고.
유림도 누군지 아는지 가만히.

경선　와. 우리 언니 문어 잘 데쳐. 달달한 거 입에 가득 넣고 아구아구 씹자. 와아. (전화를 끊고 희선에게, '문어') 잡아 빨리. 기정이 온대. 계산은 재(태훈)가 할 거야.
태훈　좋은 데서 사기로 했는데, 왜 여길 오라 그래?
경선　문어면 황송하지. 뭐 얼마나 대단한 일 해줬다고. 옆 동네 슬쩍 가서 레코드판 하나 받아온 거. 얘(태훈)가 계산할 거야.

유림은 가방을 챙겨 조용히 올라가고.

경선은 뒤따라 옥수수 접시를 챙겨 올라가며 희선에게,

경선　내가 영업해 주는 거야.

태훈　… (난감하고)

## 26.　식당 (밤)

진우와 기정이 자리에 앉는데, 기정은 멍한 얼굴이고…

진우　왜요?

기정　갑자기… 오래요…

진우　?

기정　(진우 보며) 한턱 쏜다고…

진우　(혹해서) 그 남자가요?

했다가 주변 사람들을 좀 의식하고. 사람들도 힐끗 진우와 기정을 보고.

기정　(살짝 눈치 보며) 아니. 그 남자 누나가. 제 친구가요.

진우　?

기정 친구가 전화해서 자기 동생이 한턱 쏘기로 한 거 오늘 쏜다고 하는데… 이걸… 가야 되나 말아야 되나…

하는데 OL로 핸드폰이 울려 액정을 보고는 눈이 똥그래지며 바로 튀어 나가는 기정. 왠지 조용한 곳에서 받아야 될 것 같은 강박에, 빠르게 가다가 의자에 정강이나 무릎을 찍고. 입이 쩍 벌어지게 아픈데, 입을 앙다물고 나가며

기정 (다소곳한) 네에.

## 27. 태훈 방 + 식당 앞 (밤)

고백 사건 후, 처음으로 하는 통화.
둘 다 그런 어색함이 묻어 있는 대화.

태훈 누나가 자기가 묻어 먹고 싶어서, 저한텐 물어보지도 않고 전화한 거예요. 신경 쓰지 않으셔도 돼요.

기정 아…

태훈 …

기정 (말을 기다리다가 본론) 그럼… 가지… 말까요?

태훈 …갑자기 오시라고 하는 게, 실례 같아서요. 좋은 데서 사려고 했는데, 저희 집이라…

기정 아. 위에 살림집이요? (오늘 이 사람 집에 들어가 보는 건가?)

태훈　아뇨. 누나 가게… (그런 의미였는데)

기정　아. ……괜찮은데. (보고 싶다.)

## 28. 식당 앞 (밤)

기정은 가방을 메고 부랴부랴 나오고. 진우도 쫓아 나오고.

진우　여기서 가깝댔죠?

기정　먹자골목 뒤요. 3분 거리. (말해놓고 나니) 어뜩해. 3분. 너무 가깝다. 떨려.

진우　천천히. 천천히 가요. 느긋하게.

기정　(심호흡하고) 자. 이제 또 하나의 산을 넘어봅니다. 날 찬 남자와의 첫 대면!

진우　파이팅.

기정　파이팅.

#안에서 그런 두 사람을 보는 은비의 시선.
환한 얼굴로 기정을 배웅하는 진우가 보인다.

#술집 앞. 설레는 얼굴로 종종종 가는 기정. 진우는 뒤에서 보고.

## 29. 태훈이네. 거실 (밤)

유림은 테이블에서 문제지를 펼쳐놓고 있지만 신경은 딴 데 가 있는 듯. 경선이 옷을 갈아입고 나와 왔다 갔다 하는데

유림 (시선도 안 주고) 난 그 아줌마 싫어.

경선 (보는) 왜 싫어? 고모 친군데.

유림 …

경선 고모 친구라서 싫으냐?

유림 …

## 30. 희선 가게 (밤)

문 쪽에서 보면, 손님 하나도 없는 빈 홀에 주방 쪽을 보며 등지고 서 있는 태훈.

행주로 컵을 닦고 있다. 긴장되는 듯. 들어오면 어떻게 맞아야 되나.

그때 딸랑~ 문소리. 돌아보는 태훈.

어색하지만 웃는 기정. 역시 어색하지만 환하게 웃는 태훈.

태훈 어서 오세요. (*태훈의 이 얼굴을 비현실적으로 오래 잡았으면…)

기정 안녕하세요. (*이 얼굴도 비현실적으로 좀 오래 잡았으면…)

그때 주방에서 희선이 얼굴을 빠끔히 내밀며

희선 왔어?

기정 안녕하세요.

희선 앉아. 날 잘 잡았다. 손님도 없는데. 우리끼리 한잔하자.

태훈 앉으세요.

기정 (앉으며) 경선인요?

태훈 내려올 거예요. 식사는 하셨어요?

기정 네.

태훈 술은 뭘로 드릴까요?

기정 맥주… (얼른) 소주 한 병하고요.

태훈 쏘맥. 좋죠.

태훈은 돌아서서 술과 잔을 챙기고, 간단한 안주를 챙기는데,
기정은 슬쩍 태훈의 등을 그윽하게 본다. 보고 싶었던 사람.
태훈이 돌아서자 얼른 시선을 거두고.

태훈 (테이블을 세팅하다가) 좋은 데서 사려고 했는데…

기정 여기도 좋아요. 문어도 좋고.

태훈 말아드릴까요?

기정 네. (따르는 태훈을 보다가 괜히) 제가 술을 빨리 받아서요. 말아 먹으면 10분 만에 하이해진답니다.

한 사람은 따르고, 한 사람은 따르는 걸 쳐다보고. 그런 침묵을 견디고.

태훈　진짜 좋은 데서 사려고 했는데…

기정　여기 좋아요. 진짜…

같은 얘기 반복.

태훈은 기정의 앞으로 잔을 놔주고, 자신의 잔을 든다.

기정도 잔을 들고. 어색하지만 살짝 짠.

기정　(괜히) 원샷?

둘 다 천천히 원샷을 하고.

기정　이제 정확히 10분만 있으면 엄청 하이해져서 (어색함 없이) 막 떠들 거예요. (말 끝내고 어색) …!

태훈　… (쏘맥을 제조하며, 괜히) 10분… 금방이죠.

기정은 제조하는 태훈을 보며 어색하게 있다가 대뜸

기정　고마워요.

태훈　! (뭔가 본론이 나왔다 싶은)

기정　진짜 고마워요. 어떤… 산을 넘어봤는데… 아주 잘 넘었다 싶어요. 덕분에.

태훈　?

기정　저한테 어떤 산이 있었어요. 한번 넘고 나니까, 용기가 생겼달까요. '회피하지 말고, 하나하나, 차분히 마주해 보자…' 오늘도…

어떤… 부끄러움을 견뎌보자 하는 마음에서…

태훈　(OL) 뭐가 부끄러우세요? 제가 고맙다고 사는 자린데요.

기정　…

태훈　…고맙습니다. 이렇게 와주셔서. (건배하자는 듯 잔을 들고)

건배를 하고, 잔을 비우는 두 사람.

기정　(잔을 쾅 놓고) 자. 쏘맥이 두 잔 들어갔습니다. 이제 엄-청 하이 해집니다!

태훈　(유쾌한 여자구나 싶은 미소)

## 31. 동네 일각 (밤)

쇼핑백을 들고서, 집으로 갈까, 구씨네로 갈까, 갈림길에 서 있는 미정. 결국 구씨네로 뚜벅뚜벅.

## 32. 구씨네 (밤)

구씨는 앉아 있는데, 미정은 서서 술을 놓고.

미정　오빠가 갖다주래요.

용건은 끝났고, 나가야 되는데, 건들건들 구씨를 보고만 있는 미정.
구씨는 그런 미정을 빤히 올려다보고.

미정　일부러 핑계 만들어서 온 거 아니고. 진짜로 오빠가 갖다주랬어요.
구씨　알아. 문자 왔었어.
미정　!

용건이 완전히 끝났다. 구씨는 술잔만 비우고. 앉으라는 말도 없다.

미정　할 말 없나?
구씨　… (살짝 코웃음) 웬일이냐. 지겨운 여자들이 하는 말을 다 하고?
미정　!
구씨　뭐? 사과해야 되냐?
미정　!
구씨　할 말 있으면 니가 해.
미정　!
구씨　여자들은 뭐 맡겨놓은 거 있는 것처럼, 툭하면 뭘 달래. 내가 너한테 빚졌냐?
미정　!
구씨　(잔을 채우며) 원래 인생이 그래. 좋다 싶으면 갑자기 뒤통수 후려치고. 뭐… 마냥 좋을 줄 알았냐…

가만히 있던 미정이 무섭게 구씨를 보며

미정　(아주 낮게) 비엉신… (거의 '비읍'만 들리게)

구씨　(헐…)

미정　누가 다이아몬드 달래?

구씨　다이아몬드가 더 쉬워. 추앙이 뭐냐. 나 몰라.

미정　(눈빛이 또 '비엉신') 들개한테 팔뚝 물어뜯길 각오하는 놈이, 그 팔로 여자 안는 건 힘들어?

구씨　!

미정　어금니 꽉 깨물고 고통을 견디는 건 있어 보이고, 여자랑 알콩달콩 즐겁게 사는 건 시시한가 부지?

구씨　!

미정　뭐가 더 힘든 건데? 들개한테 팔뚝 물어뜯기고 코 깨지는 거랑, 좋아하는 여자 편하게 해주는 거랑. 뭐가 더 어려운 건데?

구씨　!

미정　나보고 꿔준 돈도 못 받아내는 등신 취급하더니… 지는…

구씨　(헐…)

멍한 구씨의 얼굴에 문이 쾅 닫히는 소리.

순간 황당함에 웃다가, 어떤 신선한 충격에 웃게 되는.

## 33. 동네 일각 (밤)

씩씩하게 집 쪽으로 가는 미정.

## 34. 희선 가게. 건물 계단 (밤)

경선이 터벅터벅 계단을 내려오는데, 좀 불량해 보이는 눈빛.

1층 가게에서 웃고 떠드는 소리가 들리고.

## 35. 희선 가게 (밤)

기정, 태훈, 희선 셋이 앉아서 하하호호. 기정은 그새 하이해진 듯.

'태훈은 중학교만 산포에서 나오고, 고등학교는 서울로 갔다, 산포중학교 다녔다, 기정은 놀라고, 우리 남동생도 산포중학굔데, 걔도 직장이 근천데, 아마 지금 여기 어디서 술 마시고 있을 거다, 오라고 해라, 싫다, 걔랑 둘이 택시 타고 가는 건 징그럽다…' 그런 얘기를 하는데, 경선은 계단을 다 내려와서도 괜히 바닥을 발로 툭툭 쳐보고, 옆에 세워진 물건을 툭 쳐보고. 바로 테이블로 가지 않는다. 희선이 뒤늦게 그런 경선을 보고.

희선　뭐 하다 이제 내려와?

기정　(앙증맞게 양손을 흔들고) 안녕.

경선　(희번덕거리는 눈이 기정을 훑고 딴 데로 향한다. 나름 참는 것.)

희선　얼른 와 앉아. 먹고 싶다고 난리 칠 땐 언제고.

태훈이 냅킨을 가지러 일어나자, 경선은 어슬렁거리며 그 자리에 앉고.

태훈은 어쩔 수 없이 기정 옆에. 기정은 살짝 부끄럽고.

경선 (뚱) 손은 왜 그러냐?

기정 좀… 다쳤어. 살짝.

경선 (맥주를 따르려는데 없고. 태훈에게) 어이. 애 딸린 홀아비. 총 맞기 싫으면 술 좀 갖고 오지?

기/태 !!

희선 (낮지만 무섭게) 말조심하랬지?

경선 (기정을 보며) 말조심해 너. 우리 언니한테 혼나.

기/태 !

희선 ..무슨 소리야?

태훈 (낮게 경선을 잡는) 내가 사는 자리야.

희선 (뭔가 이상한 기운을 느끼고)

경선 (살짝 울컥) 그날이, 우리 유림이 생일이었다는 거.

태훈 (돌겠는 걸 참고) 그때 서로 아는 사이도 아니었고, 고깃집에서 고기 궈 먹으면서 한 얘기, 옆에 앉아 있던 우리가 들은 거야. 나중에 알고 여러 번 사과하셨고, 유림이한테도 사과한다고 하시는 거 내가 하지 말랬어.

희선은 무슨 일이 있었는지 대충 감이 오고.

분위기가 어색해져 말이 없는데 순간.

희선 (벌떡 일어나) 어머. 나 가스 불. (종종종 가다가 정지해 있는 셋을 향해 돌아서서) 진짜 가스 불이야. (다시 종종종 주방으로)

어색하게 앉아 있는 세 사람. 태훈은 일어나 맥주를 가져오고.

희선은 다시 주방에서 뛰어나오고. 다시 말없이 앉아 있는 네 사람.

기정 (희선에게) 죄송해요. (경선에게) 미안해.

태훈 그만 사과하셔도 돼요.

희선 그래. 모르고 그런 건데 뭐. 괜찮아. 마셔.

그렇게 정리되는 것 같은데,

경선 언니랑 나는, 이대로 유림이만 바라보다가, 화석이 될 거야. 지 엄마가… 다른 남자랑… 다른 가정을 꾸리고…

태훈 (미치겠고)

경선 다른 아이를 낳았다는, 그런 배신의 상처를 다신 주지 않을 거야. 언니랑 난, 죽을 때까지 그 누구한테도 애정은 1도 주지 않으면서, 유림이 하나만 바라보다가… 화석이 될 거야… 나, 그 사명 하나로 산다…

기정 … (죽을 죄인이 된 분위기)

경선 얜(태훈) 화석 안 될 거야… 여자 있어.

기정 (휑…)

태훈 (미치겠다) 아니라고. 없다고.

기정 (이 와중에도 그 말이 사실인지 아닌지 가늠하는 눈빛)

태훈 (기정에게) 아닙니다. 진짜 아녜요.

그런 태훈이 이상하다 싶은 경선과 희선.

경선 뭐냐? 너 왜 얘한테 아니라고 콕 집어서 말하냐?

태/기 !

경선 뭐야? 너 기정이 얘한테 마음 있어?

태훈 (미치겠는데)

기정 내가.

태훈 (설마)

기정 고백했다가… 차였어…

희선과 경선은 이게 무슨 소리일까. 모두가 정지 상황.

그런 풍경에서.

## 36. 태훈이네 살림집 (밤)

유림이 있는데, 경선이 앞장서 들어오고, 뒤이어 희선과 태훈.

경선 (의기양양해서 유림에게) 우리가 이겼어.

희선은 그런 경선을 흘기고. 태훈은 돌아버리겠고.

경선 (야구 앵커 같은) 조태훈 나이스!!

희선 저.

태훈 (경선을 보다가) 잠깐 나와봐.

경선 (유림 옆에 털썩 앉아서) 안 나가 새꺄. (희선이 불같이 보자, 얼른 손을 반쯤 들고) 안 나가… 동생.

경선은 태훈을 보며 유림의 의자 뒤로 팔을 건다.

유림이 있을 땐 큰소리 못 친다는 걸 알기에.

태훈은 돌아버리겠고.

## 37. 달리는 전철 (밤)

승객은 별로 없고, 기정은 앉아서 머리를 옆으로 떨어뜨리고 미동도 안 하고 가만. 슬프지도 않고 그저 멍한 얼굴.

## 38. 도심 외경 (다음 날, 낮)

## 39. 식당 (낮)

민규가 혼자 앉아 있다가 손을 들어 보이면,

식당에 들어온 강 팀장이 민규 테이블로.

강 팀장 창희는?

민규 구청에요. 금방 올 거예요. 정 선배 아버지가 뭐 해달라 뭐 해달라 귀찮게 하나 봐요.

강 팀장 구청 일은 자기네들이 좀 알아서 하지. 본사 직원이 무슨 지네 집산 줄 아나. / (본론) 너하고 나만 알자. 정아름이랑 염창희 뜯어놓으려고 하는데, 아무도 정 대리를 안 받는단다. 창희가 니네 팀으로 가고, 니가 우리 팀에 오자.

민규 제가… 정 선배… 옆?

강 팀장 음.

민규 어우… (웃으며 난감한 얼굴)

강 팀장 왜? 너랑은 다를 수 있잖아.

민규 좀… 두고 보죠. 요즘 창희 좀 괜찮은 거 같은데. 좀 전에 구청 가면서도 욕도 안 하고 웃으면서 가던데요. 예전 같았으면 있는 짜증 없는 짜증 다 내고 갔을 건데, 그냥 '갔다 올게~' 그러고 가던데요. 웃으면서.

강 팀장 걔 뭐 있긴 있지? 연애하냐?

민규 (갸웃) 그건… 아닌 것 같은데…

그때 창희가 땀 흘리며 밝은 얼굴로 들어오고.

민규 (얼른 손 들고) 여기.

창희 (강 팀장에게 고개 숙여 인사하며 앉고) 죄송해요. 늦었죠.

강 팀장 아냐. 나도 방금 왔어. 배고프지? 뭐 먹을래? (창희에게 부채질을 해주고)

창희 (옷을 잡아 털며 벽에 붙은 메뉴판을 보고) **이요.

민규 저도요.

강 팀장 여기요. ** 셋이요!

## 40. 커피숍 (낮)

창희와 민규가 진동벨을 앞에 두고 스탠드 테이블에 서 있고

민규 뭔데에? 여자는 아니고.

창희 (여전히 미소)

민규 말 안 하냐?

창희 …내가 얼마 전에 똥 마려워서 거의 죽을 뻔했거든.

민규 (갑자기 웬 똥?)

창희 진짜 싸기 직전에 동네 형 집에 쳐들어갔는데,

민규 아버지 공장에서 일한다는? 멀리뛰기 겁나 멋있게 한다는?

창희 응. 진짜 겁나 멋있다. / (다시 얘기) 내가 급해서 불도 안 켜고 들어갔는데, 정전이었나 그랬어.

## 41. 구씨네. 화장실 (밤) - 회상

어둠 속에서 띠릭 하는 소리. 정전이었다가 불이 들어오는 소리.

창희 (E) 좀 있으니까… 어둑어둑한데… 엉덩이 옆에 희미하게 뭐가 보여.

앉아 있는 창희의 시선에서 아래를 보는데, 한 점의 파란 불빛.

창희 (E) 비데야. 이 양반, 비데 쓰는구나… 그지… 있이 살던 형이지… 그 형이… 쫌… 있어 보였어. 느낌이… 그랬어.

어둠 속에서 정면을 보는 느낌.

창희 (E) 근데 앞에… 또 뭐가 보여… 형광 시곈가…

어둠 속에서 점점 선명하게 빛나는 차 키.
변기에 앉아 그걸 보는 창희의 멍한 표정 위로,

창희 (E) 내가… 그렇게 타보고 싶어 했던 롤스*** 차 키…

일어나서 그 차 키를 들고 보는 창희.

창희 (E) 그걸 보는데… 이 형의 역사가 한 방에 꿰지더라… 정점에서 나락으로 떨어진… 이런 고급 외제 차 키 정도는 아무 데나 던져두는… 나의 구세주…!

검은 우주 공간에 빛나는 차 키를 들고 서 있는 것 같은 창희.

## 42. 공원 (낮)

냉음료를 들고 있는 창희와 민규.

창희　이상하게 엄청 친하고 싶었다. 그냥 친하고 싶었어. 영혼이 안달까… '붙어, 창희야! 겨, 창희야.' 진짜 겼어. 원래… 잘 기지만… 그 형한텐 아닥 하고 겼어. 나이도 몰라. 근데 바로 형! 멋지지 않냐? 나의 이 동물적 감각?

민규　(어이없고)

창희　그 형도 나 좋아하거든. (결론) 내가 '형, 그 차, 형이 시답잖아 두고 온 그 차, 내가 좀 몰자.' 그러면 바로 내준다. 백 퍼. (음료수를 마시고)

민규　키만 있는 거면?

창희　(잠깐 멈칫하다가, 그윽해지는) 초 치고 싶겠지. 이해해. (음료를 빨고)

## 43. 달리는 마을버스 (밤)

퇴근길. 앉아서 차창 밖을 보는 창희.

창희　(E) 그날 이후로, 정 선배 떠드는 소리가 귀에 안 들리더라. 정 선배 따위가 나의 이 성스러운 기분을 해치지 못하더라. 미워하지 않으려고 그렇게 별 명상을 다 하고, 별 법문을 다 들어도 안 되더니. 사람 미운 거, 인력으로 어떻게 안 되는 거구나 했는데… 인력으론 안 되는 거였어. (흐뭇한 얼굴)

## 44. 구씨네 화장실 (밤)

원래 있던 위치에 놓여 있는 키를 보다가, 수건이나 휴지로 살짝 가려 놓는 창희. 부화하는 알을 건사하듯 조심스런 손길.

창희 (E) 아침저녁으로 형네 화장실 들른다. 잘 있나…

## 45. 구씨네 (밤)

구씨는 소파에 앉아서 가만히 화장실 쪽을 보고 있고.
물 내리는 소리와 함께 화장실에서 나오는 창희.

창희 (한쪽에 둔 가방을 챙겨 들고) 잘 썼습니다.
구씨 (외면하고, 창희가 준 술을 마시는)
창희 (눈 커지는) 그 술 좋죠?
구씨 … (대답 없고. 쳐다도 안 보고)
창희 …쉬세요. (나가는)

## 46. 창희 방 (밤)

누워서 흐뭇하게 천장 보고 있는 창희.
그렇게 있다가…

창희 (E) …빨리 여동생이랑 다시 좋아져야 내가 얘길 꺼낼 텐데. (으윽… 몸을 비틀며) 미정아… 믿는다… 빨리 돌진해…

## 47. 몽타주 (다음 날, 낮)

#당미역. 저 멀리 전철이 들어오는 게 보이고.
플랫폼에 서 있는 미정. 미정 앞으로 전철이 들어온다.
#달리는 전철. [오늘 당신에게 좋은 일이 있을 겁니다]라는 간판을 무표정하게 보고.
#서울. 지하 역사에서 쏟아져 나오는 인파 속을 묵묵히 걷는 미정의 모습 위로.

미정 (E) 이름이 뭐든. 연쇄살인범이어도, 외계인이어도 상관없다고 했잖아. 근데 그게 뭐.

## 48. 공장 (낮)

#공장에서 핸드폰을 보는 구씨. 미정에게 들어온 톡.

미정 (E) 난 아직도 당신이 괜찮아요. 그러니까 더 가요. 더 가봐요.

#혜숙이 마당에서 대야 가득한 가지에 열십자를 내서 뚝뚝 잘라내

고, 그걸 마당에 널고. 공장 앞에 잠깐 나와 쉬면서 그런 풍경을 보는 구씨.

## 49. 동네. 마을버스 정류장 (낮) - 아침 회상

(회상) 미정이 마을버스 정류장에 서 있는데… 바람에 머리칼이 살랑. 순간 구씨네를 돌아보는데 어떤 다급함과 안타까움. 그런 모습에,

미정 (E) 아침 바람이… 차졌단 말예요.

## 50. 기정 회사 일각 (낮)

기정이 은비 앞에 죄인처럼 가만히 듣고 있는 분위기.

은비 전 남녀 간에 연애 상담하고 그러는 거 이해 안 돼요. 그런 건 여자들끼리 하고, 남자들끼리 하는 거 아닌가요? 남녀가 그런 얘기하는 건… 무슨… 빌미 같애요. 수작 같고.

기정 …! (무참하고. 민망하고)

은비 …제가 너무 오바하는 거예요?

기정 아니. (콧물이 나와 훌쩍) 미안해… 백번 다 맞는 말이라, 내가 할 말이 없다… 너무 부끄럽다… (코를 훌쩍)

은비 …제 입장도 좀 생각해 주셨으면 해요. 자꾸 박 이사님이랑 두

분이… 그러시니까… 사람들이 저까지 이상하게 봐요. '둘이 헤어졌나…'

기정　…정말 미안해. 조심할게.

코를 훌쩍이는데, 울컥 눈물이 날 것 같고.

어제의 설움까지 겸사겸사해서 눈물이 나는 듯

기정　진짜 미안해. 아… 나 왜 이렇게 진상이니…

은비　…울 것까진 없잖아요. 미안하게 왜 그래요.

기정　(억지로 웃으며 눈물) 아니… 내가 너무 부끄러워서… 매일매일이 부끄러움의 연속이다… (나름 진정하고) 근데. 걱정하지 마. 박 이사님. 나 같은 스타일 안 좋아해. 나한텐, 로또, 한 장도 준 적 없어. (웃는데 살짝 눈물이 터지고)

## 51.　기정 회사. 사무실 (낮)

기정은 자리에 앉아 여전히 코를 훌쩍이고.

진정하려는 듯, 일에 집중하려는 듯 모니터를 보는데,

멀리 한쪽에서 그런 기정을 보는 김 이사와 이 팀장.

김 이사　… (낮게) 염 팀장은 뭐래?

이 팀장　박 이사한테 연애 상담받느라고 좀 가깝게 지낸 거라는데, 모르죠. 진짜로 남자가 있었는지는.

김 이사 (이 팀장을 보는. '그렇게까지…')

## 52. 커피숍 (낮)

태훈은 (식사 후) 동료 서너 명과 커피를 마시고 있는 상황.

대화에 집중하지 못하고 자꾸 고개가 떨어지고.

그러다가 정면을 똑바로 응시한다.

벽면에 인테리어용으로 여러 개의 레코드판 재킷이 붙어 있는데, 그 중에 너바나 앨범 재킷. 그걸 보는 태훈.

## 53. 기정 회사. 사무실 (낮)

기정은 여전히 코를 훌쩍이며 일하는데, 핸드폰이 진동으로 울려서 보면, 태훈의 톡인데, 사진이다.

[INS. 전 씬의 커피숍에 있던 너바나 앨범 재킷 사진] 찍어서 보낸 듯.

기정은 이게 뭘까 싶은데, 이어 들어오는 톡.

태훈 (E) 너바나 하면 이제 염기정 님이 자동으로 떠오르는 듯요.

기정 !

태훈 (E) 사죄의 의미에서 두턱 쏘고 싶습니다. 조경선 없는 데서. 부탁드립니다.

순간 너무 환해지는 기정의 얼굴.

서러웠던 눈물이 감동의 눈물이 되면서 연신 훌쩍이고, 입꼬리가 한참을 올라간다. 너무 대놓고 훌쩍여서 사람들이 기정 쪽을 보는데, 핸드폰을 보며 엄청 환하게 미소 짓고 있는 기정…

## 54. 도심 일각 (낮)

용달을 운전하는 구씨.

그런데 빌딩 숲 서울 도심이다.

## 55. 클럽 앞 (낮)

입구부터 포스가 있는, 클럽 앞에 용달이 멈춰 서고.

구씨가 내려서 클럽 안으로(지하로 내려가는 계단).

## 56. 클럽 (낮)

구씨가 망설임 없이 들어오는데, 등치 있는 한 놈이 구씨의 행색을 보고 "어이!" 제지. 그러나 구씨는 들은 척도 안 하고 가고. 놈이 쫓아가 구씨의 어깨를 잡자, 보는 구씨의 시선.

구씨　!

놈은 구씨의 얼굴을 보고는 손을 놓고 어정쩡하게 인사.
구씨는 주저 없이 코너를 돌고 돌아 곧장 사장실까지 가는데, 다들 그런 구씨를 무심히 지나치다가 뒤늦게 누군지 알아보고 놀라는 놈들.
(*홀도 있지만, 룸도 꽤 많은. 그래서 좁은 복도를 꺾어져서 들어가는)

## 57. 클럽. 사장실 (낮)

백 사장은 느긋하게 등받이에 기대어 핸드폰 보는데, 벌컥 문이 열리고.
들어와 서는 구씨.

백 사장　!

백 사장은 당황스럽고 어이없고. 이건 뭐지 싶은데,
구씨는 백 사장을 보다가, 테이블에 있는 신문을 집어 들고는 반만 펼쳐 보고.
백 사장은 저놈이 뭐 하는 걸까 싶은데.

구씨　(읽는) 2분기 수출 투자 뚝. 정부가 5개월 연속 경기 부진 판단을 내렸다. 2005년 3월 정부가 매달 경제 동향을 공식 발표해 온 이래 가장 긴 부진이다. 대외무역 여건이 악화되면서 실물경제 부진이 계속되고 있는 것이지만 정부는 경기 침체 전조로 보기는 어렵다며 확대해석을 경계했다.

구씨는 됐다 싶은지 읽던 걸 놓고.

백 사장 뭐 하는 거냐?

구씨 (소파에 앉고) 내 파트너가 말이 없어서, 종일 한마디도 안 해. 그래서 내가 말이 느려졌어. 심지어 버벅대. 간만에 왔는데, 버벅대면 폼이 안 나잖아. (그래서 입 좀 푼 거야)

백 사장 … !

구씨 내가 며칠 잠을 못 잤다. 열받아서. 뭐 때문에 열받았나… 생각해 보니까…

[INS. 백 사장: 쑈하는 거냐? 망가진 척?]

구씨 …내가 쑈할 놈으로 보여?

백 사장 !

구씨 내가 왜 망가진 척 쑈를 해야 되는데? 나 쉬는 거야. 15년을 이런 지하에 갇혀서 술 취한 인간들 떠드는 소리, 노래하는 소리… 집에 들어가면 또… (숨을 쉬고) 간신히 걸어만 다녔어. 숨만 붙어서. 죽기 전에, 니가 살려준 거야. 내 뒤통수쳐서.

백 사장 !

구씨 고맙다.

백 사장 …반말이네 이 새끼.

구씨 그럼 뒤통수친 놈한테 형이라 그러냐?

백 사장 !

구씨 (일어나서 백 사장을 보며) 내가 요즘. 씽크대도 만들어야 되고. 좀 바빠. 내가. 결정 나면 올게. 씽크대가 좋다. 이 세계 접을란다. 아니면. 아무리 봐도 이 세계다. 내가 씹어 먹어야겠다. 둘 중 하난데. 결정 갖고 올게. 자꾸 알짱거려서 열받게 하면, 그냥 이 세계에 말뚝 박는 거니까. 조용히 기다리라고.

백 사장 !

구씨 (나가고)

백 사장 !

## 58. 클럽. 복도 (낮)

복도를 빠르게 걸어가는 구씨.

그렇게 한 곳을 지나쳤다가 다시 뒷걸음질로 온다.

보면, 주방의 싱크대가 눈에 들어온다.

구씨 야. 씽크대 갈아야겠다. (가며 크게) 삼식아!!

## 59. 클럽 (낮)

숨어 있던 삼식이 튀어나오고.

[INS. 사장실. 호탕하게 삼식을 부르는 소리에 '저 새끼' 하는 백 사장

표정.]

삼식은 구씨 앞에서 꾸벅.

구씨 (눈길도 안 주고 가며) 발주 넣어라. 산포 씽크대로.

삼식 (꾸벅 인사하고 바로) 저.

구씨 (보면)

삼식 개명했는데.

구씨 (그냥 휙 가는)

## 60. 클럽. 계단 (낮)

계단을 올라오는 구씨의 뒤에서 졸졸 따라붙는 삼식.

삼식 그때, 겨울에, 형님한테 오이도 오라고 문자한 놈, 저 아닙니다. 백 사장님이 잠깐 핸드폰 빌려달래서 빌려줬는데… 제가 감히 형님한테 술 마시자, 오이도로 와라… 그럴…

## 61. 클럽 앞 (낮)

구씨는 용달로 빠르게 가며

구씨 알아. 현진이 형한테 들었어. (용달에 올라타서 문 쾅)

떠나는 용달을 뚱하니 보는 삼식. 고맙기도 하고 서운하기도 하고. 오랜만에 봤는데 너무 곁을 주지 않는다.

## 62. 도심 일각 (낮)

미정이 또래들과 두런거리며 역 쪽으로 가는데,
핸드폰이 울려서 보다가 순간 걸음이 멈춰지고.
또래들은 가다가 그런 미정을 돌아보고.

미정 (환하면서 급한 얼굴) 먼저 가.

뒤돌아 달리기 시작하는 미정.
힘차게 달려가는 미정의 뒤통수 좀 오래…

## 63. 미정 회사 앞 (낮)

용달이 세워져 있고, 구씨는 핸드폰을 귀에 대고 건물을 올려다보다가, 한쪽에서 달려와 멈춰 서는 미정을 보고. 가슴팍이 들썩이게 헉헉대는 미정. 대놓고 환한 얼굴은 아니고, 아직도 좀 짱 보는 미정의 얼굴. 구씨는 살갑게 쳐다보지도 않고, 그냥 핸드폰을 접고 말고.

구씨 막히기 전에 얼른 타. (운전석으로 가다가 괜히) 그놈은 퇴근했나? 팀장인가 뭔가. 맨날 씨씨거린다는 놈.

미정은 그냥 용달에 오르고, 구씨도 용달에 오르고.

## 64. 도심 (밤)

퇴근한 직장인들로 번잡스러운 먹자골목을 천천히 올라가는 용달.

## 65. 서울 만두 가게 (밤)

구씨는 작은 만두를 연달아 슥슥 입에 넣고. 미정도 만만찮은 먹성으로 먹고. 만두 찜기가 켜켜이 쌓여가고. 구씨는 간만에 단골집에 온 듯. 미정은 이게 먹고 싶었나 보구나 하는 시선으로 그런 구씨를 힐끗 보고. 구씨는 단골답게, 일어나서 단무지를 가져와 미정 앞에 놔주고, 콜라를 가져와서 컵에 가득 따라서 미정 앞에 놔주고, 자기는 남은 걸 캔째 마시고. 다시 만두를 먹기 시작.
그렇게 만두 먹는 두 사람.

## 66. 동네 일각 (밤)

창희와 두환이 카페 앞에 앉아 한쪽을 보고 있다.

저 멀리 용달이 오고 있다.

용달의 동선에 맞춰 나란히 고개가 따라가는 창희와 두환.

용달이 두 사람 앞을 지나가면, 창희의 얼굴이 환해지고

창희 화해한 것 같지?

#공장 앞에 용달이 주차되고. 구씨와 미정은 서로 인사도 없이 각자 제집 쪽으로.

창희가 구씨네 쪽으로 가는데, 두환도 따라붙고.

창희 (휙 돌아보는) 어딜. 오지 마.

창희가 가는데, 두환이 다시 따라붙고.

창희 (습) 안 가?

창희는 돌을 주워 던질 태세.

그렇게 뚝 떨어져서 서로 보는 창희와 두환.

결국 두환은 삐져서 카페 쪽으로.

창희는 다시 구씨네 쪽으로.

## 67. 구씨네 (밤)

이미 얘기를 끝낸 듯, 창희는 미소로 구씨를 빤히 보고.

구씨는 이 미친놈을 어쩌면 좋을까 어이없는데,

창희가 가슴팍에서 병아리를 꺼내듯이 고이 차 키를 꺼내고,

병아리 받쳐 들듯이 양손으로 받쳐 든다.

창희　제발… 키만 있는 거라고, 지금 바로… 날 죽이진 마요. 나… 당분간 성자로 살고 싶어요. 차가 없어도, 있다고 하고, 천천히, 천천히 주겠다고 해줘요… 제발… 나… 이 기분으로 좀 더 살고 싶어요…

구씨는 키만 있는 거라고 말할 듯 창희를 봤다가 창희가 도리질을 치면, 구씨는 딴 데 보고… 그런 동작 반복.

구씨　(결국) 내가.

창희　!

구씨　지금.

창희　!

구씨　서울에서 왔어.

창희　…?

구씨　근데… 또… (서울에 들어가랴?)

창희　!! (소름 끼친다. 감동이 밀려온다. 키를 든 손으로 입을 틀어막고)

## 68. 달리는 용달 (밤)

#동네 일각. 빠르게 달려 나가는 용달.
#창희는 키를 손에 쥐고, 보조석에 앉아서 감동에 겨워 어쩔 줄 몰라 하고. 주책맞게 눈물이 나려고 한다. 운전하는 구씨를 봤다가 창밖을 봤다가… 그러다가 사랑스러운 눈빛으로 구씨를 보며

창희 형… 사랑해요…

구씨는 굳은 얼굴로 속도를 내버리고.

## 69. 오피스텔. 주차장 입구 (밤)

용달이 한 오피스텔 건물 지하 주차장으로 슥 들어가고.

## 70. 오피스텔. 지하 주차장 (밤)

#어디에 주차했는지 모르겠는지, 구씨가 둘러보다가 차 키를 누르자, 한 곳에서 삐빅 소리가 나고. 그쪽을 보는 창희. 떨리는 눈빛. 얼굴을 쓸어내리며 그쪽으로 가고.
#차를 내려다보는 창희.
무릎을 꿇고, 그 차에 이마를 댄다. 그리워하던 말을 만난 듯.

일어나서도 감동을 주체 못 하고 구씨를 안으려고 하는데, 구씨가 뒤로 물러나고.

차에 오르는 창희. 운전석에 앉아 심호흡.

#부웅… 주차장을 빠져나가는 차.

## 71. 도심 일각 (밤)

한산한 거리를 빠르게 달리는 창희의 차.

창희는 괴성도 질렀다가 떨리는 감정을 주체 못 하는데,

바람을 타듯, 점점 차분하고 부드러워지는 얼굴이 슬로우가 되면서,

## 72. 늪 혹은 들 (낮)

일제히 날아오르는 철새들. 구구구구 괴상한 소리를 내면서 그 새를 쫓아 달리는 구씨와 미정. 이런 얼굴이 있었나 싶게 구씨의 얼굴이 아이처럼 환하고 거슬림 없다. 처음으로 풀어헤쳐지는 느낌. 자유로운 동물이 된 것 같은 두 사람.

새들이 일제히 방향을 틀어서 자신에게 돌진해 올 것만 같자 미정이 찡그리며 고개를 돌리는데, 그런 미정을 구씨가 뒤에서 마크해 주는 식의 가벼운 접촉도 있고. 그런 모습에서, 카운트다운하는 무리의 소리.

무리　(E) 10! 9! 8!

## 73. 구씨 클럽 (밤) - 2022년

전광판에 뜬 숫자에 맞춰 소리치는 클럽의 무리. 7! 6! 5!
한 남자가 그런 무리의 분위기와 상관없이 지나쳐 가고.
긴 터널을 올라가듯이 좁은 계단을 천천히 올라간다.

## 74. 구씨 클럽 앞 (밤) - 2022년

밖에 나와 서면, 눈이 내리는 하늘.
폭죽이 터지는 소리와 함께 환호성이 멀게 들리고.
[INS. 클럽 전광판. Happy New Year 2022]
눈 내리는 하늘을 보는 남자, 구씨다.
인적이 없는, 스산한 거리를 둘러보다가 천천히 걸어가는 구씨.
그렇게 걸어가는 구씨의 뒷모습 위로…

미정　(E) 개새끼… 개새끼… 내가 만났던 놈들은 다 개새끼…

이제 그 '개새끼'가 자기라는 듯, 고개가 살짝 떨어지고.
그렇게 천천히 걸어가는 구씨 모습에서.

# 11

EPISODE

"인간은 쓸쓸할 때가… 제일 제정신 같애. 그래서 … 밤이 더 제정신 같애."

## 1. 역사 근처. 편의점 (낮)

미정이 계산대에서 1.8L짜리 간장 하나를 들고 돌아서며

미정 안녕히 계세요.

주인 잘 가.

## 2. 역사 근처. 편의점 앞 (낮)

슬리퍼를 신은 미정이 간장을 들고 나와, 집과는 반대 방향으로 쫄레쫄레. 그쪽에 구씨의 고급 차가 세워져 있다. 미정은 뒷좌석에 올라타고.

## 3. 동네 일각 (낮)

달리는 차 안. 창희가 운전하고, 옆에는 두환이.
두환은 '오--' 드라이브 기분을 내보는 듯.
턱을 넘으면서 차가 출렁하자, 미정도 출렁이고

두환 오-- 꿀렁도 다른 것 같애.

미정은 창밖을 보며, 어울렁더울렁 같이 분위기 타는 상황.

#저수지나 산기슭이나, 풍경 좋은 곳을 달리고.

## 4. 동네 일각 (낮)

(호수 근처처럼, 산책하는 사람들이 차를 댈 만한 곳.)

미정은 차가운 음료를 빨며 혼자 들꽃(들풀)을 보고 있는데, 좀 떨어진 곳에선 창희와 남자(50대 부부)가 얘기하고 있다. 남자는 근처에 차를 대고 내렸다가 창희 차를 구경하는 느낌.

남자　지나가는 건 봤어도, 실제로 모는 사람은 첨 보네. 아우 영광입니다.

창희　아우 별말씀을.

남자　악수 한 번만.

창희　아우. (악수하고)

두환　전 친구.

남자　아우. (얼른 두환과 악수하고)

남자　이렇게 큰 찬 주차하기 힘들어서 아파트에선 끌기 쉽지 않은데… 아파트 아니죠?

창희　에…

남자　그래… 아파트에선 못 끌어…

혼자 딴짓하는 미정의 머리칼이 바람에 날리는데, 대화하는 그들이 보이고 남자　젊은 나이에… 성공하셨네…

창희　제 차는 아니고… (미정을 가리키며) 여동생 남자친구 차예요.

남/녀　어… (미정을 좀 보는 느낌)

그때 미정은 핸드폰이 울려서 받고.

미정　어. (사이) 알았어.

미정은 전화를 끊고 쫄레쫄레 차로.

미정　엄마가 빨리 오래.

창희와 남자의 대화는 끝나지 않고.

미정　(차 문 열고) 고기 재야 된다고 빨리 간장 갖고 오래. (타고)

창희는 남자와 인사. "그럼.", "아 예…"

## 5.　동네 외경 (낮)

차는 카페 앞에 세워져 있고.

## 6. 집. 거실과 주방 (낮)

구씨와 두환까지, 일곱 명의 장정이 이른 저녁을 먹고.

다들 말없이 밥을 먹는데, 혜숙은 주방을 왔다 갔다 하다가 자리에 앉고.

혜숙 (무심히 두환에게) 누구 왔냐? 웬 차가 있어?

제호와 혜숙만 빼고 차의 주인이 누군지 다 아는 상황. 구씨는 먹기만.

두환 …친구가 잠깐 두고 갔어요.

혜숙 (압력밥솥을 끌어안고 득득 긁으며) 그 친구가, 염창희일 리는 없고. 딱 봐도 비싸 보이던데.

창희는 조용히 철렁하고. 제호는 묵묵히 먹기만 하는데.

두환 어우 그럼요. 몇 억은 하는데. 친구가 해외 가면서 잠깐 맡겼어요.

다시 말없이 먹고. 그렇게 넘어가나 보다 싶은데.

기정 내일 몇 시에 나갈 거야?

창희 (이게 미쳤나. 제호 눈치 보며 조용히 먹는)

기정 몇 시에 나갈 거냐고?

창희 (부라리며) 몇 시에 나갈 건진 왜 물어봐, 새삼스럽게?

기정 저 차 그냥 둘 거야? 끌고 다닐 거 아냐, 그 돈 많은 친구가 해외에서 돌아오기 전까진! 몇 시에 나갈 거냐고!

창희 (이판사판) 내가 널 왜 태워? 아침부터 재수 없게!

혜숙은 또 시작이다 싶어 한숨이 나오고.
서로 만만찮게 노려보는 창희와 기정.
기정은 확 까발려 버릴라! 하는 눈빛. 창희는 닥쳐라 죽기 전에! 하는 눈빛.
제호는 먹으며 조용히 한마디.

제호 남의 차 운전하지 마.

그 말에 꼬랑지 내리는 분위기인 창희와 기정. 조용히 먹기만.

## 7. 카페 앞 (낮)

너무 어이없어서 가만히 차만 보고 있는 정훈.
창희와 두환은 옆에서 아이스커피를 마시고 있고.

정훈 뭐 하던 사람이래, 구씨?

창희 모르지. 왠지 쭉 몰라야 될 것 같은 느낌? '형 뭐 하던 사람이에요?' 묻는 순간, 차 끌고 사라질 것 같은 느낌?

정훈 이런 건 돈 있다고 살 수 있는 게 아닌데. 이런 찰 모는 인간이

니네 아부지 밑에서 일하는 거야? 씽크대 공장에서?

창희　그래서 내가 아부지한테 말하지 말라는 거야. 요즘 구씨 일 가르치신다고 열심이신데… 이런 차 모는 인간인 거 알면… 기운 빠지신다.

정훈　(차를 보며) 그르지… 미정이 노났네… (그러다가 한쪽에 주차된 자신의 차가 눈에 들어오고) 쫄지 마. 괜찮아!

## 8.　집 앞 (낮)

미정은 음식물 쓰레기(껍질류)를 구덩이에 쏟고, 탈탈 털고.

집으로 들어가며 구씨 차 주변에 있는 세 남자를 보고.

자세히 보는 것도 아니고 그냥 힐끗 보고 무시하듯이 안으로.

## 9.　창희 방 (밤)

귀뚜라미 소리가 들리고.

창희는 거울 보며 선글라스 두 개를 번갈아 써본다. 이게 나을까, 이게 나을까…

기정은 문 앞에 서서

기정　(목소리 죽여) 내일 몇 시에 나갈 거냐고오!

창희　꿈도 꾸지 마라.

기정　재 남친 찬데, 재가 왜 못 타?

미정　(주방에서 방으로 지나가며) 나 안 타.

기정　··왜 안 타?

미정　차 막혀. (방으로 들어가고)

창희　(그 말에) 안 막히려면 6시 반엔 나가야 돼. 6시 반에 나갈 수 있어?

기정　··차에서 자면 되지!

## 10.　자매 방 (밤)

미정은 켜져 있는 맥북을 두 손 놓고 멍하니 보고 있는데,
기정은 움직이다가 그런 미정을 보고.

기정　…불안하냐?

미정　(뚱하니 한 번 흘기고. 마우스를 만지기 시작)

기정　배포를 키워. 세상 모든 좋은 게 다- 내 꺼다! 왜 내 께 될 수 없다고 생각해? 세상 제일 잘난 남자도 내 꺼, 세상 모든 돈도 내 꺼.

미정　(OL, 짜증) 시끄러.

기정　…나중에 나 돈 좀 꿔주라.

미정　(븅신…)

기정　뭘 꿔줘? 그냥 줘!

미정　(맥북만 보는)

## 11. 도로 일각 (낮)

창희가 운전하고 옆자리엔 민규. 뒷좌석엔 강 팀장.

창희가 스무드하게 운전하는데, 강 팀장과 민규는 감탄하며 창밖을 보고.

민규 속도 얼마나 나냐?

창희 한번 밟아볼까? (강 팀장에게) 자유로 한번 타볼까요?

강 팀장 야야야. 누가 이런 차를 쎄리 밟니? 이런 차는, 천천…히 가면서, 나 이런 차 타는 사람이다… 보여주는 차지. 천천히 가. 신호 다 받아가면서.

창희 (낄낄낄) 넵.

강 팀장 (느긋하게 앉아 창밖을 보다가 안 되겠는지) 오우… 주제가 안 될라나 부다… 왜 이렇게 쪼그라드냐… 엔간해야 거드름이라도 피울 텐데… 엔간하지가 않타!

창희 (낄낄낄) 저두요. 차 타고 내릴 때마다 이상하게 부끄러워요. 내 께 아니란 걸 사람들이 알까 봐 그러나…

강 팀장 적응하자. '난 이런 차를 탈 만한 사람이다!'

창희 탈 만한 사람이다!!

## 12. 미정 회사. 사무실 (낮)

미정이 최 팀장 앞에 서 있고. 무거운 분위기.

최 팀장은 미정이 디자인한 걸 보다가 미정의 발목 쪽을 보더니…

최 팀장 그런 바지는 어디서 사?

미정 !

최 팀장 언제 산 거냐고 물어봐야 되나?

미정 …

최 팀장 바지 끝단이 무거운 여자… 간만이라… 보기에도 답답하지 않나?

미정 !

최 팀장 (인쇄물 보며) 패션이나 디자인이나… 다… 디테일인 건데… 디테일…

## 13. 미정 회사. 탕비실 (낮)

미정은 모멸감을 누르며 물을 마시는데, 지희가 음료 만들며 혼잣말하듯

지희 요즘 폰트에 섀도우 치는 인간이 어딨다고. 지 밥벌이 분야에 트렌드나 파악하지.

지희는 열받은 듯 뚝딱뚝딱 움직이고 나가버리고.
가만히 있는 미정. 전체적인 차림새가 보이는 뒷모습.

## 14. 미정 회사. 엘리베이터 앞 (낮)

'띵동' 엘리베이터 도착음이 들리고.

미정과 또래들이 엘리베이터에 오르면, 끝물에 나타나 올라타는 최 팀장.

## 15. 미정 회사. 엘리베이터 안 (낮)

최 팀장까지 있어서 밝은 분위기는 아닌데. 최 팀장이 수진의 신발을 보며

최 팀장 편한 거 신었네?

수진 오늘 걷기 동호회 있어서요.

최 팀장 그래? 난 마라톤 동호회 해볼까 하는데.

수진 저희 마라톤 동호회 있어요?

최 팀장 개설해 볼라구. 같이할래?

수진 마라톤은 안 될걸요.

최 팀장 해방클럽도 되는데, 마라톤이 안 될라고.

건드린다 싶은 기운을 읽은 사람들. 아슬아슬한 분위기.

수진 (정확한 설명) 격한 스포츠는 사고 위험 때문에 안 되는 걸로 알고 있어요.

최 팀장 그래?

그렇게 정리되는 듯 싶은데,

최 팀장 (미정에게) 해방클럽은… 뭐 하는 데야?

미정 …

최 팀장 뭐에서 해방되는 건데? 일?

미정 … (담담하고 차가운) 인간한테서요. 지겨운 인간들한테서요.

최 팀장 !

## 16. 미정 회사. 근처 (낮)

머리칼이 날리게 역사 쪽으로 뚜벅뚜벅 가는 미정.

## 17. 달리는 전철 + 공장 (낮)

미정은 열이 나는 듯 불편한 얼굴로 문 쪽에 기대어 서 있고.

너무 힘들다. 서 있는 것도 힘든 듯.

불안함이 엉뚱한 곳에서 분노로 터진 느낌.

컷 튀면, 톡하는 모습에…

미정 (E) 배고파. / 얼굴에 열나. / 쓰러질 것 같애.

#공장. 핸드폰을 보는 구씨는 뭔가 느낌이 이상하고. 톡을 치는 모습에

구씨 (E) 뭐 먹고 싶은데.

#보다가 핸드폰을 하는 미정의 모습 위로

미정 (E) 술…

## 18. 구씨네 (밤)

(창가나 베란다 쪽에, 술집의 구석 테이블 정도의 느낌을 낼 수 있는 공간)
슥슥 가볍게 잔이 채워지고, 비워지고… 그러고 난 후.

미정 개새끼…

구씨 !

미정 촌스러운 게 무슨… 상종 못 할 불가촉천민을 상대하는 것처럼…

구씨 …

미정 (뭐…) 내가 싫어하는 새끼, 나 싫어하는 거 당연하지. 내가 훨씬 더 싫어할걸. 난 그 새끼 경멸해. 조직에 있을 때나 있어 보이지, 나가면 아무것도 아닌 인간… / 회사에서 인원 감축하려고 희망퇴직자를 받았는데, 있어줬으면 하는, 능력 있는 사람들이 먼저 나갔어. 여기저기 오라는 데 많으니까. 나가줬으면 하는 사람은… 안 나가. 갈 데가 없으니까. 그렇게 남은 인간이… 그 인간이야…

구씨 …원래 약한 인간일수록 사악해. 그래서 사악한 놈들이… 좀 짠한 면이 있어.

미정 … (안다. 약한 사람을 공격했다는 느낌. 그래서 더 불편하고)

구씨 초대 한번 하자. 한번 불러. 들에 풀어놓고, 종일 잡아보자. 니가 이겨.

미정 당연히 이기지.

미정 … (마시고. 마음이 무거운) 화내서 한 번도 기분이 나아진 적이 없어. 화를 안 내고 넘어가면, 2,3일이면 가라앉을 거, 화내고 나면, 열흘은 넘게 가.

구씨는 그런 미정을 보다가 일어나고.
냄비를 꺼내고, 물을 받고… 라면 끓일 준비.
미정은 여전히 마음이 무거운 듯 그냥 앉아 있고.

컷 튀면,
라면을 먹는 두 사람.
후루룩 후루룩 먹는 소리만 들리고.
어느새 싹 비워지고. 미정은 휴지로 입을 싹싹 닦고.
구씨가 창문을 연다. 바람이 들어온다. 그렇게 바람을 맞다가…

구씨 저녁이 되면… 이쪽에서 바람이 들어와.

창밖으로 (화분에 심긴) 나무가 흔들리고.

거기에 달이 걸리고. 왠지 쓸쓸한 분위기…

구씨 밤이면 풍향이 바뀌는 집도, 달이 보이는 집도 여기가 처음… 창문에 달 뜨는 건, 동화책에나 있는 줄 알았지…

그렇게 바람을 맞으며 달을 보는 구씨…

[INS. 마시다가 곯아떨어졌는지, 술병이 널브러진 방.

누운 채로 눈을 뜨는데, 뭔가 이상한 걸 본 듯 가만.

창에 달이 있다!

컷 튀면, 일어나 앉아 방 안에 드리운 달빛을 보는 구씨. 전체적으로 회색빛.

구씨 (E) 달빛이… 뭔가 이상했어. 나중에 알고 보니까, 그때 가로등이 나갔더라고.

창 쪽을 보는 구씨. 보름달이 뜬 회색빛 창에서,]

현재는 붉은 기운이 드는 창을 보는 구씨.

구씨 가로등 고치고 나니까… 그 맛이 안 나.

## 19. 구씨네 앞 (밤)

보름달이 뜬 상황에서, 미정과 구씨가 가로등을 보며 서 있고.

구씨가 돌을 쥐고 홱 던지는데 한 방에 팍! 깨지는 소리.

가로등 불빛이 사라지자 희한한 공간으로 바뀐다. 전체적으로 회색빛.

뭔가 낯선 느낌에 둘러보는 구씨와 미정. 저 멀리 주홍빛 가로등이 보이긴 하지만 여기는 회색빛. 화성 어디쯤인 듯. 뭔가 서늘해지는 느낌.

그렇게 멍하니 풍경을 보고 있다가…

미정　인간은 쓸쓸할 때가… 제일 제정신 같애.

구씨　!

미정　그래서… 밤이 더 제정신 같애.

## 20. 동네 일각 (밤)

달빛만 있는 어두운 길을 구씨가 앞서가고, 미정이 따라간다.

가로등이며 인공 빛이 없는 데로 가는 느낌.

그렇게 걸어가는 모습에…

미정　(E) 어려서 교회 다닐 때, 기도 제목 적어 내는 게 있었는데, 애들이 쓴 거 보고, 이런 걸 왜 기도하지? 성적, 원하는 학교, 교우 관계… 고작 이런 걸 기도한다고? 신한테? 신인데? 난… 궁금한 건 하나밖에 없었어.

걸어온 어두운 길을 돌아보는 미정의 눈빛…

미정 (E) 나… 뭐예요? / 나… 여기 왜 있어요?

그렇게 서서 보는 미정.

컷 튀면, 정상 쪽으로 가는 듯, 갈대나 숲을 헤치며 가는 두 사람의 모습에서

미정 (E) 91년 이전에 존재하지 않았고, 50년 후면 존재하지 않을 건데. 이전에도 존재했고 이후에도 존재할 것 같은 느낌. 내가 영원할 것 같은 느낌… 그런 느낌에 시달리면서도 마음이 어디 한 군데도, 한 번도, 안착한 적이 없어. 이불 속에서도 불안하고, 사람들 속에서도 불안하고. 난 왜… 딴 애들처럼 해맑게 웃지 못할까? 난 왜… 늘 슬플까? 왜… 늘 가슴이 뛸까? 왜… 다 재미없을까?

무념무상의 얼굴로 올라가는 구씨.

한참을 걸은 듯 버거워지기 시작하는 두 사람.

미정 (E) 인간은 다 허수아비 같애. 자기가 진짜 뭔지 모르면서… 그냥 연기하며 사는 허수아비. 어떻게 보면 건강하게 잘 산다고 하는 사람들은 이런 모든 질문을 잠재워 두기로 합의한 사람들일 수도. '인생은 이런 거야'라고, 어떤 거짓말에 합의한 사람들.

목적지에 거의 다다라 가는 듯, 막판에 힘겹게 올라가는데,

미정 (E) 난 합의 안 해. 죽어서 가는 천국 따위 필요 없어. 살아서 천국을 볼 거야.

## 21. 언덕 같은 곳 (밤)

인공 빛이 없는, 목적지에 다다랐다.

풍경을 보는 창창하게 흔들리는 미정과 구씨의 눈빛.

미정은 술기운에, 낯선 공간에, 추위에 덜덜덜 떨린다.

미정이 구씨를 본다. 구씨도 미정을 본다.

너무 떤다 싶어 구씨가 미정의 어깨를 감싸고.

스윽 바람이 분다. 미정은 스산함에 무서워서 뒤를 돌아보고.

구씨는 미정의 등을 쓰다듬는다. 뒤에 아무것도 없고, 내가 마크하고 있다는 듯.

그러다가 다시 또 마주 보는 두 사람. 뛰어내리기 직전의 남녀 같은 표정.

그렇게 보고 있다가 갑자기 서로의 입술로 돌진하는 데서 컷.

## 22. 자매 방 (밤)

미등 아래서, 고개 숙여 치렁치렁한 머리를 말리는 미정. 드라이어 소

리가 시끄럽고.

이불 속에 있던 기정은 홱 고개 돌려

기정 시끄러! (왜) 야밤에 머리는 감고 지랄야?

미정은 상관없이 계속 말리고.

컷 튀면,

미정은 이불 속에서도 덜덜 떨고.

그래도 눈을 감은 얼굴이 조금은 편해진.

## 23. 편의점 외경 (낮)

매미가 시끄럽게 울고.

허름한 동네와 어울리지 않게, 구씨의 고급 차가 주차돼 있고.

근처에 보이는 편의점.

## 24. 편의점. 창고 (낮)

좁은 창고에서 CCTV 녹화본을 뚫어져라 보는 창희. 화면을 스킵하는 손동작. 옆에는 나이 든 점주가 앉아 있고. 드디어 뭔가를 포착한 듯 점주 (화면 가리키며) 여기! 이놈!

상체를 당겨 뚫어져라 보는데,

[INS. CCTV 화면. 고등학생으로 보이는 놈이, 손으로 뭔가를 꾸물꾸물하더니 입 안에 넣는다. 사각 종이 케이스에 담긴 초콜릿을 꺼내 은박지를 살짝 뜯어서 먹는 것]

점주 이거 봐! 이 새끼 처먹잖아. 이 새끼야, 이 새끼.

[INS. 초콜릿을 다시 종이 케이스에 넣어서 다시 제자리에 얹어두는 놈.]

점주 다 처먹든가! 꼭 반만 먹고. 다른 손님이 사 가서 클레임 들어오게 하고. (문제의 초콜릿인 듯, 은박지에 반이 없는 초콜릿을 들었다가 놓는다. 종이 케이스도 옆에 있고) 나 같아도 황당하지, 깠는데 먹던 거니.

창희 (화면 보며) 귀신같이 몰래도 잘 까먹는다.

점주 신고한다?

창희 신고해 봤자 훈방이에요.

점주 이놈 처음 아냐. 저번에도 이놈이야. 그때도 이거(초콜릿)였어. 이 새끼 이것만 처먹어. 다섯 번이면 상습범이랬지? CCTV 뒤지면 그때 꺼 나와. 뒤져봐. (나가며) 김 군아! 저번에 쪼꼬렛 클레임 들어온 거 며칠이냐? 먹다가 만 거.

창희는 이 지리한 작업을 또 해야 한다니 골치가 아프고.

핸드폰의 시계를 확인하고는 톡하는 모습에

창희 (E) 어디야?

## 25. 현아 원룸 + 앞 (낮)

이미 나갈 채비를 끝낸 현아는 톡을 하고.

현아 (E) 지금 나가.

창희 (E) 빨리 와, 나 좀 살려주라. / 눈알 빠지겠다.

핸드폰을 조용히 접고는 현관문을 노려본다.

문밖에선 중년 여성의 목소리. 누군가와 통화하는 듯.

중년 (E) 있어. 있는데 없는 척하는 거야 이년. (쿵쿵쿵) 있는 거 아니까 열어라.

현아는 이가 갈리는 걸 꾹 참으며, 소리 안 나게 조용히, 신으려고 내놨던 현관에 있는 구두를 비닐봉지에 넣어 가방에 넣고, 운동화를 신는 동안

중년 (E) 이년 에미는 알라나, 지가 어떤 년을 놔놨는지. 이 남자 저

남자 아무 남자한테나 들러붙어 먹는, 천하에 드러운 년… (앓는 소리) 그 돈이 어떤 돈인데… 이런 년 집 앞엔 똥을 싸놔야 돼.

나갈 준비는 끝났고. 현관문을 노려보는 현아.

## 26. 원룸 현관 앞 (낮)

순간 빵 현관문이 열리고. 통화하던 중년 여성은 놀라서 살짝 휘청.
현아는 무서운 기세로 여자를 노려보고, 발로 문을 쾅! 닫으며.

현아　똥 싸봐 어디. CCTV 다 까서 전 국민 앞에서 개망신당하고 싶으면, 똥 싸봐 어디!

중년　!

현아는 무섭게 노려보다가 순간 다다다 계단을 튀어 오르고.
당했다 싶은 중년 여성은 뒤늦게 욕을 하며 허위허위 쫓아 오르고.

## 27. 현아 원룸 앞 (낮)

현아는 다다다 골목을 내달리고.
현아가 골목을 꺾어질 즈음에 중년 부인이 건물에서 나와 달리다가, 쫓아가길 포기하고 성질나서 가방을 던져버리고.

중년　어우. 어우 저 죽일 년… (울겠다)

## 28. 클럽 앞 (밤)

고급 차들이 속속 도착하고. 사람들이 내리고.

발레파킹하는 기사들이 달려와 차를 건네받고.

창희의 차도 그 속에 도착하는데, 차 안에서 창희와 현아는 옥신각신.

창희　무슨 테이블을 잡고 논다고. 그냥 춤 몇 곡 추고 나오면 되지!

현아　(구두로 갈아 신으며) 내가 쏜다고오. 걱정 말고 내려.

현아는 그냥 훅 내려버리고, 창희는 미치겠는데,

발레파킹 기사가 와서 운전석의 문을 열어주며, 어서 옵쇼!

창희는 어쩔 수 없이 내리고. 기사가 운전석에 올라타는 걸 보자 애가 타고. 하는 수 없이 현아를 쫓아 들어가는데, 차에 탔던 기사가 얼른 도로 내려서

기사　손님. 차 키요.

창희는 '아차.' 주머니에서 차 키를 꺼내고. '근데 이거 줘야 되나.'

그런데 기사가 와서 키를 채 가고. '에이씨.'

차가 이동하는 걸 보면서 안으로. '에라 모르겠다.'

## 29. 클럽 (밤)

빵빵 음악 소리가 시끄럽고. 창희는 불편한 티 내지 않으려고 하나, 괜히 눈을 굴리며 현아의 뒤를 따르는데, 현아는 웨이터가 안내해 준 자리가 마음에 안 드는 듯

현아 여기 별론데. 저긴?

웨이터 아… 저긴… (난감한)

현아 왜? 얼만데?

창희 (어우 미치겠다. 돈을 막 쓴다)

컷 튀면, 딱 봐도 상석에 앉아 있는 창희와 현아.

웨이터가 옆에 있고, 현아는 메뉴판을 앞에 놓고 있는데

(음악 소리 때문에 크게 대화)

현아 그냥 대리 해! 대리비 주께.

창희 미쳤냐? 그런 차를 대리 하게?

현아 대리 기사도 그런 차 몰아봐야지! 너만 몰아? (메뉴판을 짚으며, 웨이터에게) 이걸로 주세요.

창희 (메뉴판의 술값을 봤다. 미치겠다)

현아 걱정 마. 이 언니가 깔끔하게 팁까지 다 주고 나갈 거야.

창희 너 내일 죽냐?

현아 (리듬을 타며 딴짓)

창희 (주변을 둘러보는데, 적응 안 되는 듯하고) 내가! 오늘 천 원짜리

쪼꼬렛 훔쳐 먹은 놈 잡으려고! 눈알 빠지게 CCTV 뒤지다가! 5억짜리 차를 몰고 와서! 70만 원짜리 술을 마셔. 어떻게 생각하냐? 그놈을 경찰서에 넘기는 게 맞다고 생각하냐?

현아　… (딴짓)

창희　…오늘 내가 하는 말은 하나도 안 먹히는구나.

창희는 괜히 딴 데 보고. 현아는 그런 창희를 보다가
상체를 창희 쪽으로 바짝 끌어당겨

현아　너한테만 말해줄게. 소문내지 마. 나 살해당하기 싫으니까.

창희　(뭔 소린가…)

현아　(핸드폰을 만지고는, 액정을 창희 눈앞에 들어서 보여주는) 내 계좌 잔액!

창희　?

현아　(더 크게) 내, 계좌, 잔액!

창희　(멍하니 보는)

현아　아홉 자리 숫자가… 억이야.

창희는 일십백천만을 세는지 고개가 살짝씩 까딱까딱.
억대가 맞는지 현아를 보고!
핸드폰을 직접 들어서 보려고 하는데, 현아가 치우고.

창희　너 이 돈 어디서 났어?

현아　오늘 넌! 5억짜리 차를 모는 남자고! 난! 통장에 5억 있는 여자야. 즐겨. 오케이?

창희는 애가 탄다. 어디서 이런 큰돈을.

술이 왔고. 현아가 술을 두 잔 따르고.

술잔을 들어 창희에게 건배하자는 듯. 창희는 건배를 하고 훅 마셔버리고.

디졸브 되면, 슬로우.

술잔을 기울이는 창희의 주변으로 눈이 내리듯 꽃가루가 떨어지고.

현아는 일어나 서서 흐느적흐느적.

창희는 이런 분위기가 힘든 듯 혼자서 술잔을 기울이고.

## 30. 클럽 앞 (밤)

창희는 힘든 듯 고개가 떨어져 흐느적 걷는데,

업된 현아는 그런 창희에게 어깨동무를 하고서

현아 잘 들어. 내가 죽으면. 살해된 거야. 아무리 자살로 위장해 놔도, 절대 아냐. 난 절대 자살 같은 거 안 해. 내가 죽으면 5억 때문에 살해된 거야.

창희는 힘든 듯 어깨를 털며 빠져나오는데,

현아는 '어쭈?' 하며 또 목을 끌어당기고.

현아　넌 꼭 알고 있어야 돼. 경찰이 아무리 완전범죄라고 해도. 절대 아냐.

그때 '우욱!' 하며 한 곳으로 달려가는 창희.
비틀거리며 그런 창희를 보는 현아.
'정말로 힘든가 보군.' 조금 정신이 드는 얼굴.
저 멀리서 허리를 숙이고 있는 창희가 희끄무레하게 보이고.

## 31.　구씨 차 안 (밤)

현아는 뒷좌석에 앉아 있고. 취했으나 깨는 분위기.
그렇게 앉아 있는데, 잠시 후, 창희가 올라탄다.
정말 힘든 듯, 올라타서 현아에겐 눈길도 주지 않고 창밖을 보는 창희.

현아　(미안해서 괜히) 비싼 술 처먹고.
창희　(취기에 울컥해서 잡아먹을 듯 확) 니가 정아름이야? 툭하면 '이거 비싼 건데.' 비싸면? 똥도 비싸다고 하면 좋아해야 돼?
현아　…!
창희　…시끄러운 데 못 오는 거 뻔히 알면서 씨. (다시 확) 내가 생전 클럽 가는 거 봤어?
현아　…!
창희　… (창밖을 보며 현아를 외면하고)
현아　… (보다가 확) 자, 새꺄. (운전석의 대리 기사에게 뚱하니) 혜화동

들렀다가 산포시요.

차가 출발하는데… 창희를 보는 현아의 표정.

## 32. 구씨네 외경 (밤)

늦은 밤. 개들이 짖어대는 소리.

## 33. 구씨네 (밤)

자고 있는 구씨의 얼굴 위로 개들이 짖어대는 소리가 멀게 들리고.
순간 이상한 느낌에 천천히 눈을 뜨는 구씨. 잠시 후, 개 소리가 잦아들고. 이어서 천장에 자동차 헤드라이트가 지나간다.
천천히 지나가는 자동차 소리와 함께.

구씨 !

구씨가 창밖으로 보면,
저 멀리, 차를 세우고 내리는 두 남자.
그리고 구씨네 쪽 방향으로 조용히 온다.

구씨 !

창가에서 물러나 벽에 붙어 있는 구씨.

창을 지나가는 두 남자의 그림자. 그 그림자를 보는 구씨.

## 34. 공장 앞 + 구씨네 (밤)

두 놈이 싱크대 공장 앞에 있는 용달을 살핀다. 목표물을 확인한 듯.

한 놈이 주변 민가를 살피며 망을 보기 시작하자,

한 놈이 똑바로 누워 용달 밑으로 슥 들어간다.

상반신은 용달 밑으로 들어가 두 다리만 보이는 남자.

그런 모습을 창문 너머로 조용히 보고 있는 구씨.

구씨 !

잠시 후, 용달 밑에서 슥 나오는 남자.

몸을 털면서 일행과 함께 다시 구씨네 쪽으로.

구씨는 벽에 붙어 서 있고.

창에는 다시 반대 방향으로 가는 두 남자의 그림자가 비치고.

잠시 후, 헤드라이트가 다시 천장을 비추고 빠져나가는.

그대로 가만히 벽에 서 있는 구씨.

## 35. 공장 앞 (다음 날, 낮)

용달 옆에 서 있는 구씨.

순간 상체를 숙여 놈이 들어갔던 하단부를 본다.

빨간 불이 깜빡이고 있는 물체가 붙어 있다. 아마도 GPS.

제호 (E) 뭐 해?

벌떡 일어서는 구씨.

구씨 아뇨…

구씨는 짐짓 아무렇지 않은 듯 공장으로 들어가고.

제호도 들어가고.

#구씨는 공장에서 이렇게 저렇게 움직이는데 생각이 많은 얼굴.

## 36. 미정 회사. 탕비실 (낮)

미정은 음료를 만들고 있는데, 보람은 미정의 디자인에 최 팀장이 덧칠한 걸 보며

보람 언니. 정말 이렇게 고칠 거예요?

미정 고치라면 고쳐야지… 뭐 어뜩해.

보람 저 인간이 지시한 것보다 언니가 한 게 백배 나아요. 저 인간은 그냥. 팬시해. 인간 자체가 팬시해. 언니는. (뭐라고 해야 되나) 훨씬. 기품이 있어요. 언니 디자인한 건… 항상… 가만히… 보고 있게 만들어요. (성질나는) 그래서 내가 맨날 언니 꺼 보면서 질투하는데… 진짜 이렇게 고칠 거예요?

미정 …

보람 이거 그대로 브랜드실에 갖다주고 싶어. 저 인간이 일을 얼마나 망치고 있는지, 알려주고 싶어.

미정 (보는) 너 나 추앙하니? (싱긋)

## 37. 기정 회사. 진우 방 (낮)

기정, 진우, 김 이사 셋이 회의 테이블에서 서류를 보는데, 회의 끝물인 상황.

진우 광주엔 다음 주에 염 팀장님이랑 제가 내려가서 조사원 교육시키는 걸로 하고요… (서류를 보고는 끝인 듯) 넵. 오늘은 여기까지. 수고하셨습니다.

김/기 수고하셨어요. 수고하셨습니다.

진우 (자리로 가며) 잠깐 메일 보내고 같이 식사하러 나가시죠. 뭐 먹으러 갈까요? (컴퓨터를 하고)

김 이사 간만에 바싹 불고기 먹으러 갈까?

진우 바싹 불고기 좋죠.

기정　(헉) 거기… 줄 서야 되잖아요? (쓰러질 듯) 저 좀 살려주세요. 저 줄 못 서요. 너무 힘들어요.

김 이사　한동안 괜찮은 것 같더니.

기정　(계면쩍은) 주기적으로 이래요. 일주일에 3일은 너무너무 힘들고. 3일은 그냥저냥 견딜 만하고. 하루는… 몰라요… 어떻게 가는지. 힘들 땐, 사람들 줄 서 있는 것만 봐도 너무너무 화가 나요. 그냥 빡쳐요. 그래서 제가 버스를 못 타요. 경기도 가는 버스는… 줄이… 삐뚤빼뚤… 구슬 엮은 것처럼… 저-- 끝까지 가요. 그것만 보면. 그냥 혈압이 올라요. 인간들이 너무 많아. 인간들이 너무 많아서 내 순서가 너무 멀어. 내 뜻대로 뭐가 착착이 안 돼. 다- 기다려야 돼. 밥도. 집도. 남자도.

김 이사　힘든 게 아니고 화가 난 것 같은데. 왜 이렇게 화가 났어?

기정　…!

김 이사가 제대로 짚은 듯, 기정은 한동안 말없이 숨을 고르고.

진우　(일을 마쳤고) 감이… 옵니다.

기정　(갑자기 욱!) 두턱 쏜다고 한 지가 언젠데! 아직 한턱도! 한턱의 연락도 없어. (핸드폰을 툭 건들고)

김 이사　…누가 있긴 있었네.

기정　…내가 매일 핸드폰 보는 거 알면서.

진우　알까요?

기정　어떻게 몰라요? 내가 이렇게 어마어마한 기운을 우주에 방사하고 있는데. 어떻게 이 기운을 몰라… 쏜다고 한 지 3일이나 넘었는데 전화도 없고, 문자도 없고.

그때 기정의 핸드폰이 진동으로 울리자 뚱하니 보다가 눈 커지는.

기정 (혼잣말) 오우씨… 귀신…

김 이사 연락 왔네…

기정은 얼른 일어나서 뒤돌아서 톡을 하고 보는데…

기정 … (혼잣말) 오늘?

김 이사 오늘은 너무했다. 며칠 미뤄. 그렇게 기다리게 했는데.

진우 여자한테 연락하면서 '오늘'은 매너 없는 건데. 일단 튕겨요.

기정은 '뭐라고 할까…' 핸드폰 위에서 손가락이 꾸물꾸물하는데,

진우 한 방에 오케이하면 재미없어요. 남자가 제일 애간장 녹을 때가, 줄 듯 말 듯, 올 듯 말 듯… 그럴 때. 그때가. 죽음입니다. 릴렉스 하시고, 괜찮아요. 미뤄요.

기정 … (우물쭈물)

진우 남자 좀 애타게 해봅시다, 염 팀장님. 남잘 쫌 기다리게 해봐요, 어떻게 맨날 본인만 기다려.

기정은 뭐라고 톡을 하고. 기다렸다가 또 톡을 하고. 자리에 와 앉는데,

김 이사 언제 보기로 했어?

기정 … (우물쭈물) 내일이요.

진우 (헐)

김 이사 많이도 미뤘다…

진우 에. 뭐. 그게 염 팀장님 매력이죠.

기정 … (멋쩍은 죄인처럼 있다가) 근데요… 애타는 게… 좋은 거예요?

진/김 ? (뭔 이런 말 같지 않은)

기정 왜… 좋아요? 애가 타는데?

진/김 !

기정 익는 것도 아니고, 타는데. 마음이 막… 안 좋은 거잖아요. 불편한 거잖아요.

진/김 !

기정 남녀가 사귈 땐, 뭔가 가득, 충만하게 채워져야지, 줄 듯 말 듯, 찔끔찔끔… 그게 무슨… 밥도 그렇게 주면 살인나요. 그런데 왜 애정을 그렇게 얄밉게 줘야 돼요?

진/김 !

기정 간질간질한 게 뭐가 좋아. 시원하게 벅벅 긁어야 좋지. 애타고, 간질간질하고… 그런 감정 다 '불.쾌' 아녜요? '유.쾌'가 아니고?

뭔가 설득되는 것 같은 두 사람. 그럼에도…

김 이사 (음…) 유.쾌는 아니지만, 그렇다고 불.쾌는…

진우 (음…) 불.쾌는 아니죠. 불.만족… 불.충분…은 맞죠.

그 말에 기정은 바로 핸드폰(톡)을 하며 나가고. (서류는 두고)

김 이사 오늘이네…

진우 난 왜 여태 이 감정을 유쾌라고 생각했지?

## 38. 술집 앞 (낮)

태훈은 촉박하게 온 듯, 긴장하고 조급한 얼굴로 운전해 와 주차를 하고. 차에서 내려, 물건을 내놓는 (약속된 집의) 술집 주인에게.

태훈 저기(옆옆 집 정도) 주차했는데 괜찮죠?

주인 연락처 남기시면 돼요.

태훈은 연락처를 남기려고 차로 가는데 기정이 멀리서 오는 게 보이고. 서로 봤고. 서로 살짝 목례. 웃으며 보는 얼굴. 아직은 어색한 기운이 있고. 기정은 걸어가는 것도 부끄럽다. 어떻게 걸어야 될지. 태훈은 서둘러 연락처를 남기고 차 문을 닫는데, 그사이에 기정이 왔고.

기정 안녕하세요.

태훈 오셨어요?

기정 (주차된 집) 여기예요?

태훈 (옆옆 정도) 아뇨. 이 집이요. 들어가세요. (기정을 앞세워 들여보내고)

## 39. 술집 (낮)

(작은 평수의 선술집. 회 혹은 육고기가 코스로 나오는 집.)

태훈과 기정이 앉아 있고.

태훈 이 집이 술꾼들 사이에서 안주 좋기로 유명한 집인데, 두 달 정도 대기해야 되는데, 오늘 갑자기 캔슬 났다고 연락이 와서요. 죄송해요. 갑자기 전화 드려서.

기정 아녜요. 기다리지 않고 먹을 수 있으면 땡큐죠.

태훈 뭐 좋아하시는지 물어보지도 않고 제 맘대로…

기정 가리는 게 없답니다. 가리고 싶은데, 가려지지가 않아요. 내장, 똥집 다 먹어요. 아이. 뭐래니.

태훈 (웃고. 그사이에 온 주인에게) 저희 A 코스로 주세요. (기정에게) 술은?

기정 일단 쏘맥?

태훈 (주인에게) 소주 하나 맥주 하나요. (핸드폰과 키를 테이블 한쪽에 두고, 젓가락을 챙겨 놔주는 동안에 미소. 그리고) 영어 같애요. 쏘맥…

기정 소주라고 안 하잖아요. 쏘주라고 하지. 그니까 쏘맥…

그때 태훈의 핸드폰이 진동으로 울리고.

태훈 (받는) 네.

## 40. 술집 앞 (낮)

태훈은 핸드폰을 받으며 급히 나오고.

태훈의 차 앞에서 전화를 하던 사람이 핸드폰을 내리고.

남자 여기 저희 차 대야 되는데…

태훈 아 네. 지금 뺄게요. (다시 들어가고)

## 41. 술집 (낮)

태훈은 급히 차 키를 챙겨 나가며

태훈 잠깐. 차 좀 빼고 올게요.

기정 네.

태훈 (겅중겅중 급히 나가는)

기정 천천히… (이미 나갔다)

## 42. 거리 일각 (낮)

태훈은 근처 골목을 운전해 가는데 댈 데가 없다. 애가 탄다. 방향을 틀어본다. 쭉 가는데… 역시나 댈 데가 없다. 또 방향을 틀어본다. 역시나 없고. 뒤를 힐끗 돌아본다. 너무 멀리 왔다. 애가 탄다. 그렇게 계속 가는 태훈.

## 43. 사설 주차장 (낮)

태훈은 주차한 차에서 급히 내려 주차 관리실(컨테이너 박스 정도)에 키를 건네는데

남자 몇 시까지 있을 거예요?

태훈 잘 모르겠는데…

남자 여기 10시에 닫아요.

태훈 ! (이를 어쩌지. 어쨌든) 그 전에 뺄게요.

남자 계산은…

태훈 (OL) 지금 할게요. 10시까지요. (카드를 주고. 급히 전화를 건다)

남자가 계산하는 동안 전화를 하는 태훈.

태훈 어디야?

## 44. 희선이네 + 사설 주차장 (낮)

경선은 막 퇴근해서 맥주 캔을 따며 태훈의 전화를 받고.

경선　집.

태훈　술 마셨어?

경선　마시려고.

태훈　마시지 마!

경선　(첫 모금 마시다가 놀라서 흘리고)

태훈　(카드를 건네받고 급히 가며) 차 좀 가져가. 주소 찍어줄게. 안 멀어.

## 45. 거리 일각 + 술집 (낮)

왔던 길을 겅중겅중 뛰어가는 태훈.

달리다 걷다 달리다 걷다…

## 46. 술집 (낮)

혼자 멀뚱하게 앉아 있던 기정은 순간 반색하는 얼굴. 태훈이 들어온다. 태훈은 숨찬 와중에, 혼자 뒤서 송구하고, 땀이 나서 민망하고.

태훈　죄송해요.

기정　괜찮아요.

태훈　(흐르는 땀을 대충 닦고) 차를 안 갖고 왔어야 되는데… 갑자기 연락 오는 바람에…

기정　(얼른 휴지를 건네고)

태훈　맥주 식었죠? 바꿔달라고 할까요? (손을 들려고 하는데)

기정　(얼른) 아뇨. 괜찮아요. (제지하는 손동작) 좀 쉬세요.

태훈　?

기정　(아무 말 안 해도 된다는 듯) 1분만. … 쉬세요.

태훈　…!

그 말에 조급함을 놓게 되는 태훈. 천천히 숨을 쉬고. 가만히 있게 되는. 그렇게 말없이 있는 동안, 서로를 보며 간간이 웃고. 이런 배려 참 좋다 싶은. 태훈은 올 때부터 있었던 긴장도 풀리는 느낌.

기정　…뭐하러 뛰어와요.

태훈　…차를 너무 멀리 대서. (다 쉬었다. 재킷을 벗어 의자에 걸어두며) 이제 편하게 마시겠네요.

그러더니 핸드폰의 전원을 끄고, 쏘맥을 제조하는데, 핸드폰을 꺼두는 태훈의 동작이 기정의 눈에 들어오고.

## 47. 기정 회사 앞 (밤)

퇴근하는 진우와 은비. 은비는 핸드폰을 하며 걷고

진우　뭐 먹으러 갈까?

은비　이 시간에 뭘 먹어요.

진우 그럼… 뭐?

은비 피곤해요. 집에 갈래요.

진우 그래? 그럼 나 왜 기다렸을까? (으쓱)

은비 (핸드폰 하는)

진우 (그래도) 주말에 파주 갈까? 저번에 얘기한 출렁다리.

은비 스터디 있어요.

진우 이틀 다?

은비 하루는 쉬어야죠.

진우 그래? (쿨하게) 그럼 끝. 오늘부로 끝. 잘 가요.

은비 (그제야 핸드폰에서 시선 떼고 보는)

진우 맨날 스터디 있다, 친구 만난다… 일주일에 4,5일은 딴 약속. 그래놓고 나는 누구 만났냐 꼬치꼬치 캐묻고. 뭐지? 사귀기로 하고 나서 며칠이나 만났을까 우리?

은비 맨날 회사에서 얼굴 보는데, 꼭 밖에서 따로 만나야 돼요?

진우 얼굴만 보면 사귀는 건가. 나 회사 직원들 얼굴 매일 보는데? 10년을 본 사람도 있어. 그럼 10년을 사귄 건가? 끝. (돌아서는데)

은비 (OL) 사람들이 하도 바람둥이라고 하니까!

진우 (돌아보는. 그래서?)

은비 좀 지켜본 거예요. 정말인가.

진우 연애를 쉰 적은 없지만, 양다리였던 적 없고, 환승 이별한 적도 없고. 몇 번 말했던 것 같은데. 그럼 계속 지켜보시는 걸로 하시고, 전 이만 끝. (돌아서다가 문득, 자신의 이별 패턴을 알았다 싶은. 살짝 잠잠한) 꼭 이런 식이었어. '내가 뭐… 빚졌나? 왜 자꾸…

빚진 기분이 들지?' 뭔가 답답해. 그래서 내가 그만하자… 그러고 끝나. (싱긋 웃으며) 그럼. 진짜 끝!

은비는 황당한 얼굴로 서 있고, 진우는 가볍게 가고. 그러다가 막판에 뭔가 씁쓸한. 진작 헤어졌어야 했다 싶은.

## 48. 희선 가게 (밤)

네댓 명의 손님 무리가 계산을 끝내고 나가고.

경선 안녕히 가세요.

손님은 모두 빠졌고. 두어 테이블에 상이 널브러져 있는 상황.
계산을 마친 경선은 지갑과 핸드폰을 챙기고

경선 나 차 가질러 가!
희선 (주방에서 보며) 마트 문 닫기 전에 얼른 갔다 와. 유림이 전동 칫솔 사러 가야 돼.
경선 그럼 지금 그냥 같이 나가. 어차피 손님 없어.

## 49. 사설 주차장 (밤)

희선과 유림은 태훈의 차 쪽으로 먼저 가고, 경선은 관리실에서 키를 받아서는 키를 눌러 차 문을 열어주고. 희선과 유림은 차에 오르는데, 경선은 핸드폰 통화 버튼을 누르며 차 쪽으로

경선 여기서 마실 거면, 가게에 와서 먹지. 남의 집 매상은 올려주고 있어…

소리 (E) 전원이 꺼져 있어…

멈춰 서는 경선. 뭔가 이상하다. 이 쉑…

## 50. 술집 (밤)

안주가 두어 가지 있고, 둘 다 얼추 마신 분위기.

기정 전… 머리만 밀면 해방될 것 같애요. 제가 머리를 민다는 건, 그냥 동물이기로 하는 거예요. 이름 없는 동물. 그렇게 살아도 될 것 같아요. 여태, 죽기 기를 쓰고 산다고 살았는데, 얻어진 것도 없고, 왜 그렇게 살았나 몰라요. 머리만 밀면, 잘나 보이고 싶은 욕망, 남자에 대한 욕망… 다 한 방에 놔질 것 같애요. 그래서 결심을 했죠. 올겨울엔 아무나 사랑하든. 머리를 밀든. 둘 중 하난 하자. 여기서 결정 보지 못하면. 평생 머리칼 건사하면서 시달리

기만 하다가 죽을 거다.

태훈　(미소)

기정　(마시고 잔을 내려놓는데)

태훈　…머리 밀지 마세요.

기정　! (이것은. 무슨 뜻인가. 설마.)

## 51.　술집 앞 (밤)

그때 경선이 운전하는 태훈의 차가 끼익 멈춰 서고.

경선　(술집 안쪽을 보며) 빙고!

(가림막 때문에) 이쪽에선 태훈만 보이는 상황.

얼굴이 제대로 보이는 것도 아닌데 등빨로 바로 알아본.

경선은 근처에 차를 대려고 움직이는데,

경선　여기서 먹을 거면, 가게로 올 것이지. 죽었어.

희선　그냥 가아. 마트 문 닫기 전에.

## 52.　술집 (밤)

문소리가 들리고. 태훈은 문 쪽을 봤다가 순간 표정이 굳고.

코웃음 치며 들어오던 경선은 기정을 보고. 어랍쇼?

기정도 경선을 보고, 헉!

그렇게 멈춰 선 세 사람.

그러다가 경선이 의자 하나를 빼서 삼각 대형으로 앉고.

삐딱하게 옆으로 앉아 같잖아하며 둘을 보는데

경선　뭐냐?

태훈　(차갑게 보며) 일어나.

경선　!

태훈　가.

차분히 말하는데 무서운 태훈.

경선은 같잖아 코웃음 치는데, 태훈의 눈빛이 만만찮다.

순간 정색하는 경선. '이 쉐끼가' 하는 눈빛으로 제압하려 하고.

그렇게 노려보는 두 사람. 깜빡이는 사람이 지는 것처럼 버티기.

기정은 두 사람 사이에서 휑한 얼굴로 침만 꼴깍.

태훈　(다시) 가.

경선　(왠지… 밀리는 기운… 분하다…)

순간 홱 일어나는 경선. 찬바람을 일으키며 뚜벅뚜벅. 문을 팍 밀고 나가고. 무거워진 태훈과 기정.

## 53. 술집 앞 (밤)

경선은 깜빡이가 켜져 있는 차에 오르고.

희선 누구랑 마셔?

분한 얼굴로 후방을 보며 차를 빼는 경선.

뒷좌석엔 유림이 핸드폰 하고 있고.

희선 누구랑 마시는데?

경선 친구랑 마시지 누구랑 마셔. (붕 직진)

## 54. 술집 (밤)

분위기가 무거워졌고. 불편한 기운에 말 없는 두 사람.

그렇게 있다가 태훈은 결론을 내자 싶어 좀 가뿐한 얼굴로

태훈 머리 밀지 마세요.

기정 …!

태훈 제가 아무나 할게요.

기정 …!

제대로 들은 건가? 그런 뜻 맞나? 맞는 것 같은데. 맞나? 뒤늦게 태훈

이 기정을 보고 머쓱하게 웃자… 맞다!! 아씨. 부끄러. 어쩔 줄 모르겠다. 웃을까 말까. 눈동자가 앉을 자리를 찾지 못하고. 그렇게 있다가…

기정 (두 주먹 불끈. 작게) 예쓰.

태훈도 멋쩍게 혼자 빙긋이 웃고.
빈자리가 없는 가게. 왁자한데 이 테이블만 조용히 정지해 있는 분위기.

## 55. 편의점 (다음 날, 낮)

창희가 테이블 쪽에서 노트북을 펼쳐놓고 일하다가 핸드폰을 본다.
현아와의 대화 창. [살아 있냐?]라는 글은 읽었으나 답은 없고.
그때 점주가 밖을 보며 지나가며

점주 여자들 눈 돌아간다.

그 말에 창희가 밖을 보면, 주차돼 있는 구씨의 차를 구경하는 두 여자.

점주 연애하기 쉽겠어. 저런 차 끌고 다니면.

가만히 밖을 보는 창희의 눈빛.

두 여자가 차를 둘러보며 천천히 도는데,

돌면서 한 여자의 얼굴이 드러나는데 예린이다.

## 56. 편의점 앞 (낮, 혹은 밤)

창희가 편의점에서 나와 서는데, 차를 구경하던 예린이 뒤늦게 창희를 보고.

예린 !

친구도 뒤늦게 창희를 보고. 창희도 아는 사이인 듯.

친구 안녕…

창희 오랜만이다.

예린 …

친구 (예린에게) 먼저 갈게.

예린 왜애…

그렇게 친구가 먼저 가고. 어색한 두 사람.

예린 이쪽도 관리하나 봐?

창희 이번에 배정받았어. 순환 근무 때문에. …태워다 줄까?

예린은 '뭔 소리야' 싶은데, 창희가 삐빅 차 문을 열고.

예린은 눈앞에 차가 켜지자 흠칫! '이건 뭔가' 싶고.

창희 아는 형 차. 타. 태워다 줄게.

예린 (싸웠던 게 생각나고) 우리 집 갔다가 니네 집 가려면, 한참일 텐데.

창희 연애할 때 한 번도 못 태워다 줬는데. 타.

창희가 먼저 운전석에 오르고, 이어서 예린이 오르는.

## 57. 달리는 차 안 (낮)

예린 그렇게 차 차 노래를 부르더니… 결국 모네.

창희 내 것도 아닌데 뭐.

예린 그래도. 누가 이런 찰 몰아봐. 이거 끌고 어디 어디 갔었어?

창희 할머니 산소 갔다가, 동네 저수지 갔다가, 동해는 너무 멀어서 영종도만 갔고.

예린 누구랑?

창희 혼자.

예린 (?, 보는) / 희한한 데만 다녔네. 엄청 폼 재고 다닐 줄 알았더니.

창희 나도. 나도 그럴 줄 알았거든. 근데 안 그러드라구. 몰랐는데… 나 운전할 때… 되게 다정해진다.

예린 (뭔 소린가 싶은)

## 58. 몽타주 (다른 날, 낮)

#핸들을 잡은 창희의 손.

창희 (E) 희한하게… 핸들 잡자마자 다정해져…

부드럽게 코너링을 하면서, 열린 창문으로 바람을 맞으며 가는 편안한 얼굴.

창희 (E) 어려서 사회과부도 보는 거 좋아했거든. 희한하게 그것만 보면 시간 가는 줄 몰라. 한 번도 가본 적 없는 도시를 머릿속으로 다녀. 춘천도 가고, 광주도 가고, 부산도 가고… 울릉도까지. 꼭. 그때 같애.

#차가 세워져 있고. 구릉에서 풍경을 보는 창희의 편안한 얼굴.

창희 (E) 내가 사람들 틈에서 오바하고 있었나 봐. 혼자 있으니까… 되게 차분하고… 다정해져.

예린 (E) 혼자 다정한 건… 뭐야?

창희 (E) 몰라. 그냥 혼자 다정해.

현아와의 대화 창을 보는 창희.

[살아 있냐?]라는 글 다음으로, [살아계신지요?]라고 치는.

## 59. 변상미 편의점 (밤)

현아가 나가며, 상품 진열하는 변상미에게

현아 (상냥) 내일 뵐게요.

변상미 어 들어가. 수고했어.

현아 (편의점에서 나오자마자 바로 표정이 없어지고)

## 60. 원룸 건물 앞 (밤)

여전히 무표정하게 집 쪽으로 가는 현아.

저 멀리 주차돼 있던 차에서 중년 여자가 내려서 급히 다가오고.

여자가 시야에 들어왔지만 쳐다보지도 않고 건물로 들어가는 현아.

쫓아오거나 말거나.

## 61. 현아 원룸 (밤)

현아가 들어오는데, 문이 닫힐세라 급하게 따라 들어오는 중년 여자.

현아는 피곤하기도 하고, 상대하고 싶지 않은 듯, 이렇게 저렇게 움직이는데,

중년 내놔. 여기저기 알아봤는데, 소송 걸면 너 백 프로 져. 그러니까

진 빼지 말고 내놔.

현아　(상관없이 움직이고)

중년　밤마다 몰래 병원 드나들면서 아픈 애 꼬셔서, 집 팔게 하고 돈 부치게 한 거, 증인 많아. 간호사, 간병인 다 증인이야. 병원 CCTV에도 다 찍혔어. 너 밤마다 겨들어 오는 거. 내놔! 콩밥 먹기 전에 내놓으라고!!

현아　(확 터지는) 니 새끼 죽으면 준다고!! 니 새끼가. 돈 안 주면. 내가 자기 보러 안 올까 봐… 매일 잔고 찍어서 확인해 줘야 돼. (눈물이 나는) 죽는 게 너무너무 무서운데! 에미 손은 못 잡고 죽겠대. 아들 새끼 죽는다는데 눈 돌아서 돈돈거리고 다니는 너 같은 에미 손 붙잡고 죽고 싶겠냐? 그 인간 옆에 너 같은 거밖에 없다는 게 너무너무 불쌍해서 내가 끝까지 옆에 있어줄 거니까 꺼지라고! 죽는 게 무서워서 벌벌 떠는 애새끼 앞에 두고 돈돈 돈돈. 준다고. 절대로 주지 말라고 해도 절대로 줄 거니까, 꺼지라고! (돌아서서 움직이는)

중년　첫눈에 아닌 년… 싹을 잘랐어야 되는데… 결국… 결국 이 사단을 내…

현아　(울컥해서 터지는) 내가 원래 개 같은 기지배거든. 그래서 조금만 잘해줘도 죽을 때까지 몸 바쳐 충성해. 골수도 빼줘! 나한테 말 한마디만 잘해줬어도 니 수발도 들었을 거야. 근데 왜 그 조금을 안 줘? 왜? 내가 10점은 될 거 아냐. 10점짜리 뭔가는 있을 거 아냐. 그 10점만 인정해 줘도 그게 고마워서 죽을 때까지 갚아! 근데 어떻게 10점도 안 주냐고!

중년　야. 넌 1점도 아까워. 너 같은 건 지구상에서 멸종돼야 돼. 이 남자 저 남자 들러붙어 먹던 년을 미쳤다고 며느리로 들이냐? 어디서 어떤 망신을 당할 줄 알고?

현아 … (비참함에 기운이 빠지는)

## 62. 병원. 복도 (밤)

지쳐서 무표정하게 걸어가는 현아.

## 63. 병원. 1인실 (밤)

병실에 들어와서 보면, 간병인은 간이침대에 대자로 뻗어서 코 골며 자고 있고. 현아는 두말없이 그냥 커튼을 드르륵 쳐서 간병인을 가려버리고. 침상의 남자를 내려다본다. 남자는 자고 있는 듯. 침상을 짚은 현아의 두 팔에 힘이 들어간다. 지친 몸을 침대에 의지하고 있는 듯. 남자는 자고 있는 듯. 그렇게 있다가…

컷 튀면, 돌아서서 핸드폰을 보는 현아.

[살아계신지요?]라는 창희의 톡을 이제야 확인하고. 뭐라고 치는 모습에

현아 (E) 살아 있음.

그리고 한마디 더.

현아 (E) 이 인간도 아직 살아 있음.

힘들게 의자에 앉아서… 벽에 머리를 기댄다.

## 64. 달리는 구씨 차 안 (밤) - 회상

클럽 갔던 날. 대리 기사가 운전하고 있는 상황.
창희는 여전히 화가 난 듯, 현아를 외면하고 창밖을 보고 있는데,
현아는 그런 창희의 어깨에 머리를 기대고

현아 … (잠잠) 그 인간… 나한테 60점이나 줬어. 60점이나.
창희 …솔직히. 진짜 솔직히. 오바 안 하고 말할게. 너, 70점은 넘어.
72점은 돼. 그니까 너에 대해서 자신감을 좀 가져라.

다시 창밖을 보는 창희. 현아는 가만히…

## 65. 58씬과 동 장소 (밤)

차 옆에서, 캠핑 의자에 앉아 담요를 뒤집어쓰고 (현아의 톡을 보는 듯)
핸드폰을 보다가 접는 창희. 뜨거운 커피를 마시며 밤 풍경을 본다.

## 66.　도로 일각 (낮)

한적한 도로를 운전해 가는 구씨.

[INS. 달리는 용달 아래에, 반짝이는 GPS 불빛]

그렇게 운전을 해 가다가 순간 우회전. 갑작스럽게 방향을 트는 느낌.

## 67.　한적한 카페 (낮)

#넓은 주차장엔 용달이 주차돼 있고.

#카페. "아이스아메리카노 나왔습니다"라는 소리와 함께 구씨는 커피를 챙겨 들고. 슬쩍 창밖을 보는데, 차 한 대가 주차장으로 들어온다.

주차가 되고. 잠시 후, 그 차량에서 내리는 40대의 남녀.

남녀 둘 다 편한 복장에 운동화. 그러나 쫓아왔다고 보기 애매한 느낌.

#주차장. 구씨는 용달에 앉아 핸드폰 하는 척하면서, 백미러로 주차장 입구를 본다.

입구에 차가 한 대 스르륵 들어온다. 들어와 주차하고.

잠시 후. 두 놈이 내린다. 용달 쪽을 힐끗 보고 커피숍으로.

어제의 그림자와 비슷한 느낌.

잠시 후, 한 대가 더 들어온다. 그 차량까지 보고 시동을 거는 구씨.

(*세 대의 차량 색깔 다르게)

## 68. 달리는 용달 (낮)

다시 운전을 해 가는 구씨.

어딘가로 또 끌고 가보는 듯.

## 69. 산사 (낮)

주차장에 세워져 있는 용달.

풍경을 보면, 미정과 왔던 산사(다른 절이어도 상관없음).

구씨는 용달이 잘 보이는, 산 중턱 정도에서 주차장을 내려다보고 있고.

주차장을 보면, 봉고도 들어오고… 고급 차량도 들어오고… 그런데! 커피숍에서 봤던 차량이 들어온다. 두 번째로 봤던, 남자 둘이 내렸던 차량. 자신을 쫓는 차량이 특정된 느낌.

조수석에서 한 놈만 내려선, 모자를 쓰고 올라간다. 구씨를 찾아 움직이는 듯.

그걸 보고 있는 구씨.

## 70. 산사. 주차장 (낮)

운전석에서 핸드폰 하고 있던 놈의 얼굴에서 옆 유리창이 박살 나고.

구씨가 돌로 깬 듯. 구씨는 놈의 멱살을 잡고.

구씨 백 사장한테 전화해. 전화해.

모자를 쓰고 갔던 놈이 달려오고.

놈 백 사장 아니고. 신 회장님입니다!

구씨 !

뒤늦게 달려온 모자도 구씨에게 위해를 가하지 않고 멈춰 서 있고.

## 71. 동네 일각 (밤)

큰길가에 고급 세단이 서 있고.

그쪽을 향해 묵묵히 걸어가는 구씨.

구씨가 보이자 운전석에서 기사가 내려서고. 뒷좌석 문을 열어준다.

구씨는 뒷좌석 안에 대고 인사. 안으로.

#차 안.

구씨와 신 회장이 나란히 앉아 있고.

신 회장 오랜만이야. 반가워.

구씨 …

신 회장 코빼기도 안 비치길래, 백 사장 그놈이 정말로 담궜나 했는데.

얼굴 좋아졌네?

구씨 …

신 회장 멀쩡히 살아 있단 애기 듣고 곧 오겠구나 했는데, 안 오길래, 나 말고 딴 줄 잡았나… 그래서 사람 좀 붙여봤어. 목공 일 잘 하고 있다고.

구씨 …

신 회장 그만 셨으면 올라오지?

구씨 …

신 회장 뒷주머니 안 차는 놈이 있을라고. 피붙이를 앉혀도 새는 돈은 새. 이왕이면 쎈 놈이 앉아야, 나도 어디 가서 기 안 죽지. 백 사장이 위에 앉고, 내가 어디 가서… 면이 안 서. 그만 올라와.

구씨 …

신 회장 왜? 더 있어야겠나?

구씨 …네.

신 회장 (건방진! 불쾌함을 누르며 가만히 보는) 뭐 하게? 여기서?

구씨 …!

## 72. 동네 일각 (다음 날, 낮)

막판 스퍼트를 내듯이, 달려가는 구씨와 미정의 뒷모습…

그렇게 달려가 바람에 넘실대는 나무를 보고 있는 두 사람…

구씨는 미정을 봤다가, 미정과 눈이 마주치면 피하듯 정면을 보고. 다시 미정을 보고, 마주치면 정면을 보고… 반복. 그러다가 구씨가 하는 말.

구씨　추앙한다.

미정　!

'사랑한다' 톤. 자기도 말해놓고 계면쩍은지 웃고. 미정도 웃고.

그런 두 사람의 모습에서.

# 12

EPISODE

"다들 연기하고 사니까, 이 정도로 지구가 단정하게 굴러가는 거지."

## 1. 집. 거실과 주방 + 마당 (낮)

TV는 혼자 떠들고 있고. 개수대엔 솥단지며 그릇들이 가득. 상 위엔 치우다가 만 두어 개의 반찬 그릇이 있고. 기정은 치우다가 핸드폰을 받은 듯, 상 앞에 쪼그려 앉아, 빙긋이 입꼬리가 올라가고.
[INS. 태훈과의 톡: 성당 가는 중이요. 답하는 기정. 넵. 기도 열심히 하시고요. / 죄송하네요. 일요일엔 늘 이럴 텐데. / 별말씀을요. 일요일 아침에 이렇게 톡할 수 있는 남자가 있다는 것만으로 충분합니다.]
그러는 동안 미정은 밭일 나갈 차비를 하고 방에서 나와, 냉동실에서 얼린 생수를 꺼내고, 큰 보냉병을 챙기고, 모자 쓰고…

## 2. 집. 마당 (낮)

역시 밭일 복장인 구씨가 집 쪽에서 나오고. 혜숙은 빨랫줄과 건조대에 어마어마한 양의 빨래를 너는데, 미정이 짐을 들고 나오고.

미정 다녀오겠습니다.
혜숙 다녀와. (구씨에게) 쉬엄쉬엄해요.

구씨는 살짝 고개 숙여 인사하고. 미정의 짐 중에 하나를 받아 들고 가고. 그렇게 가는 두 사람. 혜숙은 빨래를 널다가 비눗물에 담가놓은 운동화들이 눈에 들어오고.

혜숙 (안을 향해, 꽥) 저거 빨리 안 빨어?

## 3. 집. 거실과 주방 (낮)

여전히 핸드폰을 보고 흐뭇한 얼굴인 기정.

그때 혜숙(빈 빨래 통 들고)이 들어오는 소리가 나자,

기정은 핸드폰을 보며 남은 접시를 들고 개수대 쪽으로

혜숙 (성질) 볕 좋을 때 얼른 운동화 빨아 널라고!

기정 (성질) 설거지하래매?

혜숙 그걸 아직도 안 하고… (힘들어 울분이 이는) 핸드폰들을 다 뿌셔 버리든가 해야지…

그 말에 기정은 핸드폰을 툭 한쪽에 놓고. 쏴아… 시원하게 설거지.

혜숙 아무도 안 보는 테레비는 왜 켜놓고. (신경질적으로 TV를 끄고)

## 4. 동네 일각 (낮)

미정과 구씨가 걸어가는데, 좀 떨어진 곳에 염소 한 마리가 풀숲에 묶여서 풀 뜯어 먹고 있는 게 보이고.

미정　예전에 염소 키웠었는데, 소하고 염소는 키우면서 이상하게 미안해. 잡아먹을 거라…

구씨　… (알겠는)

미정　염소가 사람 잘 따르거든. 졸졸졸 따라붙는데… 마음이… 쫌 그래.

구씨　그래서. 잡아먹었냐? 졸졸졸 따라붙던 거?

미정　딴 집 염소랑 바꿔서.

구씨　?

미정　키우던 건 원래 서로 바꿔 먹어.

구씨　(그게 더 영악하다 싶고) 굳이 바꿔서까지 잡아먹을 건 뭐냐. 안 먹고 말지.

미정　그럼 버리나.

구씨　그냥 키우면 되지.

미정　못 키워. 염소가 얼마나 많이 먹는데. 자는 시간 빼고 24시간 먹어. 아빠가 꼴 베러 다니다가 지쳐서 잡은 거야.

구씨는 부녀가 둘 다 순한 것 같으면서 잔인하고, 경계를 모르겠는 인간들이다 싶은데.

구씨　이름 불러가며 키우던 게 목으로 넘어가냐?

미정　이름 없었어.

구씨　?

미정　잡아먹을 건 이름 지어주지 않아.

무슨 의미인지 알겠다. 구씨는 순간 헛웃음이 터지고.
빠른 걸음으로 가기 시작하는 미정을 쫓아가며…

구씨 야. 빨리 나 이름 지어줘. 이름 지어줘! 잡아먹지 못하게!
미정 구씨잖아!

## 5. 밭 (낮)

제호와 창희가 김장 배추 모종을 심기 전에, 두둑에 검은 비닐을 씌우는 작업 중. 한쪽에는 모종판이 있고. 그곳에 도착하는 구씨와 미정. 창희는 구씨의 얼린 생수병을 뺏어서 꿀꺽꿀꺽. 별로 안 녹았는지 나오다가 말고. 탈탈 털어 마시고. 구씨는 바로 제호의 일을 돕고.

## 6. 성당 (낮)

반복되는 주말 풍경인 듯, 태훈과 희선이 각기의 무리와 얘기를 나누고 있고. 태훈이 한쪽을 보는데, 유림이 또래들 몇몇과 밝은 얼굴로 나온다. 유림의 밝은 얼굴이 낯선 듯 보는 태훈. 유림은 또래들과 헤어지자마자 바로 무표정. 태훈은 서둘러 대화를 마무리하고 유림을 따라가고. 희선도 뒤늦게 따라붙고.
주차장. 태훈은 키를 눌러 차 문을 열고

태훈　뭐 먹으러 갈까?

유림　(차로 가며) 초밥.

태훈　그래!

희선　역쉬 우리 유림이. 탁월한 메뉴 선택.

유림과 희선은 뒷좌석에 태훈은 운전석에.

## 7.　태훈이네 (낮)

테이블엔 라면 냄비가 비워져 있고, 경선은 늘어지게 앉아 TV 채널을 돌리고 있는데, 도어락 누르는 소리. 희선, 유림, 태훈 들어오는데, 경선은 쳐다도 안 보고.

희선　(방으로 가는 유림에게) 모자 써. 썬크림 바르고. 팔뚝까지.

태훈　무릎 보호대 챙기고.

희선　(경선에게) 나오라니까 안 나오고, 라면은… (포장해 온 초밥을 테이블에 놓고) 얼른 먹어. 특이야. 우니도 있어. 태훈이가 샀어.

경선은 쳐다도 안 보고 같잖은 콧방귀. 태훈은 그런 경선을 힐끗 보고 방으로. 둘의 안 좋은 기류. 희선은 냉장고에서 생수와 주스를 꺼내 간식 가방에 넣고.
컷 튀면, 옷을 갈아입고 나가는 태훈과 유림에게 간식 가방을 건네는 희선.

희선 차 조심하고. 올 때 유림이 리코더 사 와. (이미 나간 이들에게 크게) 악기점 가서 소리 듣고 사. 아무거나 사지 말고.

태훈 (E) 알았어.

경선 (그제야 초밥을 뜯고) 개… 쉐…

희선 (못 들은 척 주방으로 가 움직이기만)

경선 (먹으며) 미친놈… 얌전-한 척… 호박씨 까구…

희선 냅 둬. 모르는 척해.

경선 지가 여자 만날 때야?

희선 (홱) 그럼 유림이 클 때까지 연애도 하지 말라고 그래?

경선 !

희선 (움직이며) 기정이 개 괜찮아. 남자 힘들게 하고 그럴 애 아냐. 괜히 눈치 주지 마. 그냥 둬.

경선 염기정 걔가 연애만 할 것 같애? 나이가 있는데?

희선 …결혼한다고 하면, 우리 셋이 살면 돼.

경선 …우리 새끼야? 왜 우리만 희생해?

희선 그럼 너도 나가! 나랑 유림이만 살아도 돼. (움직이며) 유림이 있었으니까 그나마 사람 사는 것처럼 살았지, 유림이 없으면… 아무것도 없어. 둘이 결혼해서 유림이 데리고 나가 산다고 생각하면, 그게 더 억장 무너져. …사는 재미 하나도 없어.

경선 (눈가는 촉촉해서 씩씩대며 희선을 보는. 입엔 초밥 가득)

## 8. 공원 (낮)

자전거가 옆에 세워져 있고.

땀에 젖은 태훈이 유림에게 물을 따서 주고.

태훈도 물을 마시고 쉬는데

유림 (쳐다도 안 보고) 작은고모랑 왜 싸웠어?

태훈 (!) 안 싸웠어.

유림 …

태훈 별거 아냐.

유림 …

태훈 …

## 9. 식당 (다음 날, 낮)

진우와 김 이사는 나란히 앉아서 덩달아 설레는 미소로 기정을 보고, 기정은 쑥스럽고 민망해하면서 먹고.

기정 왜 너무너무 상투적인 표현인데 겪어보면 그 말이 딱이다 싶은 거 있잖아요.

진/김 (기대하는 눈빛)

기정 '날아갈 것 같애요.'

진/김 (좋겠다…)

기정 내가 이렇게 가벼웠던 적이 있었나 싶어요.

진/김 (진심 좋다…)

기정 남동생이 저보고 그랬거든요. 나를 모르는 인간이 복된 인간이라고. 아는 사람은 다 욕하니까. 내가 아는 사람이 되는 순간, 내 입에서 그냥 씹히거든요. 남들 다 괜찮다고 하는 사람도 어떻게든 흠잡아서.

김 이사 (진우에게) 우리도 씹혔다는 거네.

진우 전 많-이. 이사님은 어쩌다 한 번.

기정 (부정 못 하고 왔다 갔다 하다가 내려앉는 시선. 얼른 얘기 이어가고) 근데 아무한테도 욕이 안 나와요. 욕을 딱 놓고 나니까… 이렇게 가벼울 수가 없어요. 증오가 이렇게 무거운 거였구나… 맨날 땅에서 날 잡아끄는 것 같더니… (흐응) 날 수도 있을 것 같애요.

김 이사 좋겠다. 매일 보겠네?

기정 자주 못 봐요. (애가 있다는 말은 좀 그렇고) 바쁘기도 하고. 그래도… '있다'는 느낌. 그걸로 충분한 듯요.

김 이사 (자조적) 있는데 없는 것 같은 느낌. (남편을 두고 하는 말)

진우 백 퍼 없다는 느낌.

기/김 (왜?)

진우 헤어졌습니다.

기/김 (헐…)

## 10. 미정 회사. 로비 (낮)

미정과 또래들이 점심 먹고 오는 듯 커피 들고 와 엘리베이터 앞에 서는데, 미리 서 있던 태훈이 미정을 돌아보고. 서로 인사.

태훈 식사하셨어요?

미정 네.

서로 미소로 보다 말고. 어색해지는 기류.
태훈이 먼저 말해야겠다 싶어

태훈 언니한테… 얘기 들었죠?

미정 네…

멋쩍어 더 이상 얘기하기 뭐한. 쑥스럽게 있는 상황.
그때 엘리베이터가 와 같이 오르고.

## 11. 공장 (낮)

돌아가는 톱날에 들어가기 시작하는 목재.
구씨가 목재를 재단하는데, 제호는 지켜보며

제호 왼쪽으로 지그시 민다는 느낌으로…

조심스럽게 미는 구씨. 숨죽이며 보는 제호.

구씨가 재단을 끝내자, 제호도 움직이기 시작.

## 12. 공중목욕탕 (낮)

#[목욕탕]이라는 글씨가 붙은 문을 열고 들어가는 제호와 구씨.

#목욕탕 입구에 있는 낡은 신발장.

벽면 가득 신발장이 붙어 있는데, 문짝이 기울어져 열려 있는 것도 있고. 구씨가 치수를 재고, 제호가 보드 판에 대충 그린 도면에 치수를 받아 적는.

## 13. 달리는 용달 (낮)

구씨는 운전하고, 제호는 옆에서 보드 판에 적은 것 보며

제호 반은 선불로 받고 시작해. 목재 값은 받아놔야 재단하고 나서 취소해도 손해 안 나. 다 짤라놨는데 취소하면 어따 쓰지도 못하고… 웬만하면 인테리어 업자 껀 하지 말고. 집주인한테 돈 받으면 준다고 하고 애먹여.

구씨 …

## 14. 공장 앞 + 공장 (낮)

공장 문에 한 손을 짚고 서서, 안을 보고 있는 한 남자의 뒤태.

차림새며 서 있는 폼도 단정치 못하고.

한쪽엔 그가 끌고 온 걸로 보이는 요란한 차도 있고.

선글라스를 끼고 빈 공장을 보고 있는 남자, 현진이다.

현진은 선글라스를 벗고 공장 안을 본다. 목재가 쌓여 있는 먼지 구덩이.

낡은 월간계획표도 보이고(2019년 9월 월간계획표).

정말로 이런 공간에 구씨가 있을까 싶은.

## 15. 공장 앞 (낮)

바구니에 애호박이며 푸성귀를 따 오던 혜숙은 그런 현진을 보고.

딱 봐도 공장 일과 관련 있는 사람은 아니다 싶어 의아한.

혜숙 어떻게 오셨어요?

현진 (돌아보고, 상냥) 예, 수고하십니다. 여기 일하시는 분들 다 어디 가셨어요?

## 16. 집. 거실과 주방 + 공장 앞 (낮)

혜숙은 점심 준비 중. 식탁엔 밭에서 따 온 푸성귀도 씻어져 있고. 연신 땀을 훔치며 채 썬 호박전을 부치는데, 현진은 접시째 들고 전을 먹으며 벽에 붙은 사진들을 보고. 그중에 제호의 환갑 때(2014년) 찍은 가족사진을 보고.

현진 삼 남매가 다 훈남 훈녀네. 셋 다 결혼은 안 했나 봐요? 결혼사진이 없네.

혜숙 예… 징글징글하게들 안 나가요.

현진은 사진 속의 미정과 기정을 보며, 두 여자 중에 누굴까 싶은.
구씨와 뭔가 있을 것 같은 느낌.
그때 차 소리가 들리고.

혜숙 (창밖을 보며) 이제 들어오네.

그 말에 현진도 그쪽을 보는.

## 17. 공장 앞 + 집. 거실과 주방 (낮)

#제호와 구씨는 용달에서 내려, 주차된 낯선 차를 보며 집 쪽으로.
#현진은 창밖으로 그런 구씨의 행색을 보며,

저놈이 완전히 다른 인생을 연기하고 있구나 싶고.

#구씨는 제호를 따라 들어오다가, 현관에 낯선 남자의 신발을 보고!

현진 (넉살) 안녕하십니까.

보면, '현진이다!'

제호는 '누구신가' 하는 표정.

혜숙 구씨 선배래요. 전활 안 받아서 뭔 일 있나 하고 왔대요. (괜히 구씨 눈치가 보이고)

현진 (꾸벅) 처음 뵙겠습니다.

제호 (악수 청하며) 아이고. 예. 반갑습니다.

악수하는데, 액세서리가 많은 현진의 손이 제호의 눈에 들어오고.

제호 앉으세요.

현진 무지 기다렸습니다. 배고파서. (서 있는 구씨에게) 앉아.

구씨 … (일단 앉고)

현진 또 술 먹고 어떻게 됐나… (구씨를 툭 치며) 전화를 받지 새끼. (밥상을 보며) 우리 동생이, 왜 여깄는지 알겠네요. 저도 있고 싶네요.

현진은 웃으며 구씨를 보는데, 무표정인 구씨를 보자 얼른 외면하고.

혜숙은 그런 기운을 간파한 듯 슬쩍슬쩍 눈치를 보고.

현진　말이 선배지… 동생 놈 덕분에 먹고삽니다. 얘가 짱이에요. 다 얘 밑.

혜숙　시장할 텐데 어여 들어요.

현진　잘 먹겠습니다.

구씨는 수저를 들며 현진을 보는데, 현진은 시선은 느끼나 구씨를 쳐다도 안 보고. 제호의 눈에 반찬 그릇을 오가는 장신구가 많은 현진의 손이 계속 보이는데.

제호　(그래도 혜숙에게) 술이라도 한잔…

현진　아우. 괜찮습니다. 차 가져와서요.

## 18.　달리는 현진의 차 안 (낮)

구씨는 화를 누르며 앉아 있고, 현진은 운전하며 그런 구씨를 의식하고.

현진　얼굴 풀어라 임마.

구씨　삼식이 이 개… (삼식이가 가르쳐줬다는 확신)

현진　(에이씨…)

말 없는 아슬아슬한 분위기.

구씨는 책망의 시선으로 현진을 봤다가 딴 데를 보고

현진　뭐어?

구씨　…

현진　에이씨…

구씨　근처에서 기다렸으면 됐잖아. 깻박치려고 들어왔지?

현진　… (에이씨) 내가 쪽팔리냐?

## 19.　동네 일각 (낮)

한가로운 곳에 차를 세워두고 감정이 상해서 날카로운 말들.

현진　여기서 뭐 하고 자빠진 거냐? 재밌냐? 연기하고 사는 거?

구씨　(이씨)

현진　쑈 그만하라고 새꺄! 취미로 목공 한다고 해도 믿을까 말까야. 너만 바라보고 있는 놈들 생각하라고 새꺄. 애새끼들 줄줄이 그 지꼴인 거 알면서. 승재 아빠방 나가. 영일인 주방에서 과일 깎고. 나보곤 삐끼 하란다. 우리가 너한테 세트로 끼워팔기 되는 인간들이지, 언제 한 번이라도 자생 가치 있어본 놈들이냐? 미안하다 새꺄. 형이 돼갖구 동생한테 빌붙어 먹어서. 신 회장이 오랄 때 감사합니다 하고 갔어야지 새꺄. 왜 노인네 기분 잡치게 만들어, 여기까지 찾아온 양반을. 너 이제 백 사장 손에 죽는 게 아니고, 신 회장 손에 죽게 생겼어.

구씨　…

현진　너 여기 여자 있지?

구씨　!

현진　있어, 이 새끼.

구씨　! (이씨)

## 20. 동네 일각 (낮)

구씨는 묵언수행 하는 사람처럼 또 걷는다. 접은 파라솔을 들고. 저걸 들고 어디로 가나 싶은데, 그렇게 한참을 걸어가고.
저 멀리 들개들이 보인다. 개들은 서서 귀를 쫑긋. 먹을 것을 갖고 왔나?
구씨는 쳐다보지도, 멈추지도 않고 밭으로 저벅저벅 들어가고.
개들은 갑자기 왈왈 짖어대고. 왜 오냐고. 오지 말라고. 겁먹어 왈왈 짖어대는데, 구씨는 안 들리는 사람처럼 뚜벅뚜벅. 결국 개들이 튀고. 멀리 도망가지도 않고 근처에서 보고 있는 개들. 구씨는 개들이 튄 자리에 파라솔을 펴서 꽂는다. 쓰러지지 않게 꾹꾹 누르고, 돌도 괴어두고. 그리고 밭을 걸어 나오는 구씨. 또 묵언수행 하는 사람처럼 걸어가는. 바람이 불고, 코스모스도 흔들리고. 그런 길을 걸어가는 구씨.

## 21. 미정 회사. 사무실 (낮)

미정은 자리에 앉아 일하는데, 지희는 컴퓨터를 보며

지희　헐. 대박.

그 말에 지희를 보는.

지희　해방클럽 회원 늘었는데, (자기 컴퓨터 화면 가리키는) 봐봐, 누군지.

미정　(보는)

지희　대박…

미정　(표정)

## 22.　커피숍 혹은 레스토랑 (밤)

생글생글한 얼굴로 쭈뼛거리며 앉아 있는 향기. [나의 해방일지]라고 쓴 노트까지 챙겨 왔고. 미정, 태훈, 상민 있는.

향기　그날 참관하고 난 뒤로, 계속 오고 싶었는데, 이제서야 용기 내서 왔습니다. 해방되고 싶은 게 한두 가지가 아닌데, 일단은… 이 표정. (생글생글) 무표정이 안 돼요.

시종일관 무표정인 상민은 이게 무슨 해방거리인가 의아하고. 미정과 태훈은 그런 상민의 눈치가 좀 보이고.

향기　눈앞에 사람이 보이면 자동으로 이런 표정이 돼요. 하나도 행복하지 않은데, 하나도 행복하지 않다면 거짓말이고, 이렇게 웃을 정도로 좋지도 않은데, 사람만 보이면 자동으로 이런 표정이 돼요. 그래서… 상갓집 가는 게 너무 힘들어요… 상갓집 갈 때마다 어떻게든 무표정해 보려고 애쓰는데… (그러면서 천천히 얼굴의 근육을 풀면서 무표정을 만들어가다가… 다시 웃으며) 힘들어요…

태훈과 미정은 어느 정도 공감하는 표정인데,
상민은 무표정한 얼굴로 멍하니 있다가 흠흠.

상민 환영합니다. 일단 저희 해방클럽 강령을 말씀드리자면,
향기 네. 알아요. 조언하지 않는다, 위로하지 않는다.
상민 그건 부칙이고…
향기 아.
상민 (태훈에게) 말씀드리지.
태훈 행복하자고 모인 모임이니까, 저희 인생을 좀… 정직하게 들여다보고자 하는 차원에서 세 가지 강령을 정했습니다.
향기 (끄덕)
태훈 1. 행복한 척하지 않겠다.
향기 (차분+진지) 네. 저한테 딱 맞는 말이에요. 행복한 척하지 않겠다.
태훈 2. 불행한 척하지 않겠다.
향기 (음?) 네…
태훈 3. 정직하게 보겠다.
향기 … (쭈뼛쭈뼛, 생글생글) 근데요. 전 왜… 정직한 게… 무서울까요?
태훈 자신한테만 정직하시면 돼요. 속으로.

향기　아, 네. 깜짝이야. 오늘 바로 탈퇴할 뻔했어요. 무서워서. 하하하.

## 23. 달리는 마을버스 안 (밤)

편의점에 들렀던 듯 간단한 봉지를 들었고.

구씨와의 대화 창을 보는 미정.

[치즈 살까, 육포 살까?]라는 물음에 답이 없었고 [그냥 둘 다 샀어요]라는 톡까지 아직 읽지 않음. 통화를 하려고 핸드폰을 귀에 갖다 대면서 고개를 드는데, 뭘 봤는지 급하게 따라가는 눈.

#마을버스가 구씨를 지나쳐 가고 있다.

## 24. 동네 일각 (밤)

비닐봉지 안에서 소주병이 부딪치는 소리.

벌써 좀 마신 듯, 구씨는 터벅터벅 걸어가는데…

저 앞에 있는 마을버스 정류장에 서 있는 미정. 중간에 내린 듯.

구씨는 그런 미정을 보다가…

구씨　와… 염미정이다… (건성으로 오바)

미정　(이상한 기운을 느끼나 미소)

## 25. 동네 일각 (밤)

나란히 걸어가는 두 사람.

미정 그분은 진짜 그냥 해피한 사람인 줄 알았는데. 다들 힘들게 연기하며 사나 봐.

구씨 연기가 아닌 인생이 어딨냐.

미정 그쪽도 연기하나?

구씨 무지 한다.

미정 (헐)

구씨 넌 안 하냐?

미정 하지. … 수더분한 척.

구씨 …

미정 또 어떻게 생각하면 다들 연기하고 사니까, 이 정도로 지구가 단정하게 굴러가는 거지, 내가 오늘 아무 연기도 안 한다고 하면, (말할까 말까) 어떤 인간 잡아먹을걸.

구씨 !

미정 난 이상하게 너무너무 사랑스러운 걸 보면, 주물러 터트려서 먹어버리고 싶어. 한입에 꿀꺽.

힐끗 구씨를 보는 미정.

구씨는 멈춰 서서 그런 미정을 좀 쳐다보게 되고.

자신을 향해 폭주해 오는 여자를 스톱시켜야 될 것 같은 느낌.

구씨　…이제 아무 얘기나 막 하는구나.

미정　…

다시 걸어가는 구씨. 쫓아가는 미정. 뭔가 어색한 기운.

## 26. 술집 앞 (밤)

창희는 잠깐 전화받으러 나왔고, 민규와 남자1은 담배를 피우러 나온 상황인 듯.

창희　(핸드폰 보며) 정 선배 아부진 그래도 정 선배보단 양반이야. 애는 먹이는데, 사람 속 뒤집어 놓고 그러진 않아. 정 선밴 내가 알지도 못하는 인간 욕을 한 시간을 하고, 끝에 하는 말이, 나랑 닮았대. 한 시간을 욕하고. (황당)

남자1　어째… 슬슬 자동차 약빨 떨어지는 느낌이다?

창희　(씁쓸하지만 그런 것 같고)

남자1　차보다 연애가 아닐까 싶다. (얼른) 난 연애라고 했다. 절대 결혼이라고 안 했다.

민규　왜 이래 유부남?

남자1　나 우리 석희 사랑해. 끔찍하게 사랑해. 근데… (한숨) 힘들어. (그때 한쪽을 보고 손을 드는) 오! 다연이!

창희　!

그쪽에서 다연이 오고. "왔어? 오랜만이다." 하는 인사들.

창희　이제 끝났어?

다연　어.

민규　못 올 것 같다더니.

다연　그냥 집에 가려다가… 창희 왔다길래. (싱긋 창희를 보고)

민규와 남자1은 오~

창희는 쑥스러워지는데, 다연은 안으로 들어가고.

남자1　야. 뭐야. 막 밀고 들어오는데, 왜 모른 척해?

창희　밀고 들어오긴…

남자1　(황당) 얼마나 더 밀고 들어와야 되는데?

창희　(머뭇거리다가 들어가고)

## 27.　술집 (밤)

두 테이블 정도 모인 동기 모임.

창희와 다연이 나란히 앉아 있는데, 남자1의 하소연.

남자1　내 입시, 취업, 출산, 육아를 끝내고 나면, 또 자식의 입시, 취업, 출산, 육아를 위해 달리는 거야. 남녀가 만나서 둘이 좋으면 그만. 거기까지만 가야 되는데. '우리 애는 낳지 말자'라는 말이 꼭

'너에 대한 애정은 여기까지야'란 냉정한 말 같아서, 그 말을 못 하고, 사이좋게 둘이 손잡고 고생문을 열고 들어가서, 또 하나 고생스런 인간을 만든다. (남자들을 둘러보며) 그러니까, 애는 낳지 말자는 게 절대 당신을 사랑하지 않는다는 의미가 아니라는 걸… 여자들이 알아듣게… 응? 창희야.

창희 (다연에게 빙긋이 웃으며) 알아들었니?

다연 (미소)

창희 (빙긋이 술잔을 내려다보는)

남자2 야. 니들 저번에도 이런 분위기더니, 아직도 이런 분위기냐? 얘네 뭐냐…

창희 (다연에게) 오빠가 오늘… 데려다줄까?

주변에선 오~. 그러더니 결혼행진곡(멘델스존)을 제창하는 무리. 빠--바-바…

다연은 좋아 죽겠는데 환한 얼굴로 마른 오징어만 힘줘 찢어놓고.

다연이 찢은 오징어를 입에 물자, 남자1이 다연의 입에서 오징어를 뺏고.

남자1 야야야. 오빠가 태워다 준다는데 오징어를. 과일 먹어, 과일.

그 말에 더 쑥스러워지는 창희와 다연.

(*남자1과 남자2는 5화, 9화에 나왔던 인물과 동일 인물)

## 28. 술집. 지상 주차장 (밤)

창희는 핸드폰 하며 서 있고, 다연은 옆에 있는데, 한 택시에 오르는 민규와 남자1과 남자2. "잘 가라. 잘 가." 인사.

무리는 택시 문이 닫히는 와중에도 결혼행진곡 제창. 빠---바-바··

다연은 쑥스러운 듯 웃고. 택시는 떠나고.

창희는 자신의 차를 가로막고 있는 한 대의 차 앞으로 가서 다시 통화.

다연 안 받아?

창희는 신호가 가는 동안 좀 기다리는. 여전히 안 받는지 전화를 끊고.

창희 있어봐. (가까운 음식점의 문을 열고) 여기 ****(차량 번호) 차주 있나요?

또 옆집 가게의 문을 열고 반복해서 묻는.

건물 계단을 뛰어 올라가는. 그렇게 차주를 찾아 헤매는.

#시간 경과. 다연은 설레는 기운도 떨어진 듯… 한쪽을 보는데,
좀 멀리 떨어진 음식점에서 나와, 핸드폰을 하는 창희. 여전히 안 받는지, 쉣!
그런 창희를 보는 다연.

#택시를 부른 듯, 나란히 서 있는 창희와 다연.
창희는 분하고 참담하고.

창희　미안하다.

다연　뭐가. 다음에 태워다 주면 되지. (보고, '택시') 왔다. 갈게. 이따 싸우지 말고.

창희　조심해서 가.

다연이 택시에 오르고.

다연　갈게.

창희　잘 가.

택시가 떠나가고. 창희는 맥 빠져 택시 뒤꽁무니를 보고 있는데, 뒤에 있던 문제의 그 차에 삐빅! 소리와 함께 불이 들어오는. 창희는 '이건 무슨 상황인가요…' 싶은. 차주로 보이는 남자가 무심히 차로 다가가고.

창희　저기요.

남자　에?

창희　(욱 치받고) 아니 전활 안 받으면 어떡해요, 차를 이렇게 대놓고!

남자　(당황. 핸드폰 꺼내 보는) 전화… 안 왔었는데.

창희　(돌겠고) 무슨 전화가 안 와요? 내가 몇 번을 했는데!

남자　안 왔어요! (핸드폰 보이는) 보세요. 안 왔어요.

창희　이! (핸드폰 보이며) 봐봐요. 내가 얼마나 많이 했나.

남자　(창희 핸드폰을 보다가) 잘못 누르셨네! 0이 아니고 8인데. (남긴 연락처 가리키는)

창희　! (자기 핸드폰과 차 안에 남겨진 연락처를 번갈아 보는. 또 보는. 또… 계면쩍음…)

남자　그걸 계속 재발신만 눌렀으니… 아무렴 차를 이렇게 대놓고 전활 안 받을까요. (혼잣말처럼) 어쩐지 이상하다 했어. 빼달란 소리 없어서.

창희　‥그럼 좀 나와보죠!

내 잘못인데. 억울함이 쉽게 가시지 않고. 왠지 더 분하고.

문제의 차가 빠져나가도 그냥 서 있는 창희.

그렇게 좀 있다가 차에 오르고. 주차장을 빠져나가는 차.

## 29. 커피숍 (밤)

마주 앉아 있는 태훈과 기정.

기정　경기도 사는 여자 오래 만나는 법. 절대로 태워다 주지 마세요. 태워다 주고 집에 가려면 엄-청 멀어요. 두 번은 못 데려다주겠다 싶어요. 근데 한 번 태워다 줬는데, 다시 안 태워다 주면 또 뭔가… 잘못된 것 같고… 서운하고… 그래요. 그러니까 처음부터 절대 태워다 주지 마세요. 저도 어쩌다 누가 태워다 준다고 하면 '아녜요 아녜요 아녜요' 그러고 막 도망가요. 전철 끊겼어도 안 끊겼다고 뻥치고 막 도망가요.

태훈　… (웃고)

기정 자, 이제 아이 키우는 남자 만나는 법, 팁 주시죠.

태훈 (머뭇거리며 미소)

기정 괜찮아요. 알아야죠.

태훈 …크리스마스, 새해… 이런 날 못 만나요.

기정 …

태훈 좋아하는 사람하고 있어야 되는 그런 날엔 정작 혼자니까… 기운 빠질 거예요.

기정 느낌 오네요… (그러다가 얼른) 근데 발렌타인데이며 무슨무슨 날에 크게 의미 부여하고 그런 스타일 아니라서요. 그리고 또?

태훈 나머진… 다 예상되는 거예요. 바쁘고, 돌발 변수 많고. 약속하고 펑크 낼 때도 있을 거예요.

기정 (1을 강조해서) 1초도 고민하지 말고 바-로 전화해서, 절대 미안해하지도 말고 바-로 펑크 내세요. 부담 없이!

그런 기정을 미소로 보는 태훈의 표정에서

## 30. 공원 (낮) – 회상

유림 (쳐다도 안 보고) 작은고모랑 왜 싸웠어?

태훈 (!) 안 싸웠어.

유림 …

태훈 별거 아냐.

유림 …

태훈 …

유림 그 아줌마 좋아? 고모 친구.

태훈 !

유림 …

태훈 …

유림 어디가 좋은데?

태훈 …아빨… 쉬게 해줘.

[INS. 기정: "1분만 쉬세요." 그 말이 고마우면서 생경했던. 짧은 순간이었지만, 정말 편안하고 고마웠던 태훈의 표정.]

태훈 파이팅 넘치게 즐겁지 않아도 돼서, 좋아.

유림 …

태훈 아빠가, 그렇게 즐거운 사람은 아니잖아. (유림을 보는데 좀 짠한 미소)

유림 …

태훈 …

유림 …다행이네.

태훈 … (긴장했었는데 고맙고)

## 31. 커피숍 근처 (밤)

태훈의 차 근처에서, 타라 안 탄다 실랑이하는 상황.

태훈　오늘은 태워다 드릴게요.

기정　(펄쩍) 아녜요. 아까 말했잖아요. 괜찮아요. 갈게요.

태훈　제가 태워다 드리고 싶어서 그래요. 타세요.

기정　요기서 전철 타면 금방인데 뭐 하러 거기까지 가요. 갈게요. (막 가는)

태훈　진짜 태워다 드리고 싶어서 그래요.

기정　(가면서, 그러지 말라는 듯 찡그리며) 에잇! (밝게) 얼른 들어가세요.

태훈　…

기정　(뚜벅뚜벅 가다가 문득) 이런 븅신. 차를 안 타면, 어디서 키스를 하냐? (또 문득) 이런 씨! 오늘 키스하잔 거였어!!

그러나 계속 뚜벅뚜벅.
미소로 위장하며 힐끗 돌아보는데, 혼자 서 있는 태훈을 보니 더욱 아쉽고. 발걸음은 계속 앞으로 가는데. 어우씨…
태훈은 기정을 보며 서 있다가 차로 가는데, 기정이 돌아서서 대뜸

기정　(크게) 다음엔! 우리 꼭 자요!

태훈　!!

기정은 민망한지 또 무뚝뚝한 얼굴로 막 가고,
혼자 서서 멋쩍어 어쩔 줄 몰라 하는 태훈의 모습에서.

## 32. 창희 회사. 사무실 (다음 날, 낮)

창희는 욕 나오기 직전인 얼굴로 노트북으로 뭔가 뒤지는데, 열받아 의자 뒤로 널브러지는 아름. 창희는 그런 아름의 행동이 거슬리나 꾹 참고.

아름 아니 이게 왜 본사 직원이 사과해야 되는 거냐고. 내가 한숨 셨어? 점주가 한숨 셨지? 한참 바쁜 시간에 10원짜리 100원짜리 동전 갖고 와서 담배 사는 놈도 미친놈이지만, 딴 손님들 보는 데서 한숨 셔가면서 일일이 세고 있는 점주도 진상 아냐? 그 바쁜 시간에?

열받아 고개를 뒤로 젖히는 등, 사람 신경 거슬리게 하는 아름의 감정적 행동에 창희는 조용히 돌겠는데.

아름 (욱) 모욕의 대가를 왜 나한테 받겠다고 지랄이냐고요. 아무 상관 없는 나한테!

강 팀장 (보다 못해) 그만하자 좀.

아름 아니 그렇잖아요. 왜 우리가 점주랑 손님 사이에 있었던 일까지 사과해야 되냐고요? 안 그래, 염 대리?

창희 (뭐라고 할 듯 가슴팍이 움직이기 시작하는데)

강 팀장 (얼른) 염 대리. 이따가 드라이브 한번 하자. 나 잠깐 강동 지사 갔다 와야 되는데. 되지?

창희 (원망스럽고 불쌍한 시선으로 강 팀장을 보다가 외면)

강 팀장 (저 시선은 뭐지 싶은)

## 33. 회사 근처. 도로 일각 (낮)

강 팀장, 창희, 민규가 구씨의 차 주변으로 멀멀하게 서 있다. 살짝 심각한 분위기. 그렇게 있다가 강 팀장이 차 후미를 보는데, 뒤쪽 모서리가 제대로 긁혔다. 돌겠는 창희는 시선을 외면하고. 강 팀장과 민규는 선불리 창희에게 말도 걸지 못하고.

민규 어제 거긴

창희 (OL) 아니라니까. 내 앞에 차가 막고 있었는데, 누가 어떻게 나가.

그때 한 남자가 멀리서 꾸벅 인사하며 뛰어오고.

강 팀장 어. (구씨 차를 가리키며) 여기. 우리 직원 찬데,

남자 어우 성공하셨네.

강 팀장 (OL) 아냐. (긁힌 데) 봐봐.

남자 (긁힌 걸 보고는) 언제 이런 거예요?

강 팀장 그걸 모른대. 오늘 출근해서 보니까 이렇드래. 블랙박스에… 메모리 칩이 없다네.

남자 어우…

강 팀장 이런 찬 블랙박스 말고 뭐 더 있지 않을까?

남자 그런 게 어딨어요? (긁은 데 보며) 범퍼 긁은 거 보니까 위치로

보아 승용찬데, (페인트 만져보고) **색 승용차네. 일단 어디어디 주차했었는지 최대한 기억해 내서 거기 CCTV 뒤져보는 수밖에 없어요. 경찰서에 사고 접수하고 가면 CCTV 보여줘요.

강 팀장 짚이는 데가 있긴 한데… 어제 낮에 주차해 둔 덴데… 거기… CCTV가 없다네.

남자 어우… 안될라고 기를 쓰네.

강 팀장 (창희 눈치가 보여 한 대 때릴 것 같은)

남자 (얼른) 그럼 어제 그 시간에 거기 주차한 사람들한테 블랙박스 좀 보여달라고 하는 수밖에 없어요.

강 팀장 거기 주차했던 사람을 어떻게 찾아?

남자 그러니까 지금 거기 가서 주차한 사람들한테 일일이 물어봐야죠. 어제 그 시간에도 여기 댔었냐… 댔었다고 하면 블랙박스 좀 보자고 부탁해야죠.

강 팀장 (창희를 보는. 어느 정도 희망은 있겠지 싶은)

남자 빨리 알아봐야 될 거예요. 상시 녹화는 하루 지나면 삭제되니까.

강 팀장 하루? (창희를 보는)

창희 (시계를 보는데… 씨. 끝났다 싶고)

범인 잡는 건 물 건너가는 분위기.

강 팀장 (살짝 욱) 이런 찬, 타고 내릴 때마다 한 바퀴 돌아봐 주는 게 예의 아니냐?

창희 …처음엔 그랬죠!

## 34. 미정 회사. 사무실 (낮)

최 팀장이 자리에서

최 팀장 사내 디자인 공모전 떴던데. 1등은 디자인실에서 나와야지? 이번에도 딴 부서에서 1등 나오면, 진짜 면 떨어진다. 김지희.

지희 네.

최 팀장 한수진.

수진 네.

최 팀장 다들 신경 좀 써봐.

이름이 불리지 않은 미정의 표정.

최 팀장 상금에 인사고과 생각하면, 애써볼 만하지 않아?

미정 …

## 35. 미정 회사. 탕비실 (낮)

미정은 물을 받고, 보람은 커피를 내려 받고서

보람 (낮게) 기분 나쁘게, 꼭 사람 건너뛰고… 언니, 1등 먹고, 정규직 가자. 올해 정규직 전환 안 되면, 언니 무조건 나가야 되잖아. 디자인 공모전 1등을 설마 내보내겠어? 언니, 오늘부터 어금니 꽉 깨물고 밤새요. 내년엔 내가 1등 먹고…

미정 (피식)

보람은 나가고, 미정은 생각하는 얼굴.

## 36. 집 외경 (밤)

## 37. 집. 거실과 주방 (밤)

한쪽에 제사상이 놓여 있고. 혜숙은 머리에 수건을 두르고 나물을 담은 접시를 상에 놓고. 기정은 접시에 전을 담고. 미정은 앉아서 씻은 과일이 가득한 바구니의 과일을 마른행주로 물기를 닦고, 윗동을 잘라 접시에 놓고. 낮에 있었던 일로 담담하고 무거운 얼굴. 그때 혜숙이 순간 아차 싶은지 발을 구르며, 아우…

기정 또 뭐?

혜숙은 핸드폰을 하는데, 한쪽에 있는 제호의 핸드폰이 울리고.

혜숙 (끊고) 이 양반 핸드폰 두고 나갔네. (움직이며) 창희 어디쯤인가 전화해 봐. 올 때 황태포 사 오라고 해.

미정 (옆에 있던 핸드폰을 하고)

## 38. 동네 일각. 문구점 (밤)

한 손에 한지 두루마리를 들고, 어떤 붓펜을 사야 되나 보고 있는 제호. 그때 음악이 빵빵하게 울리는 소리에 창밖을 보는데, 젊은 놈이 탄 게 분명한 차량이 맞은편에 정차되고. '젊은 놈들이란' 시선으로 보다가 시선을 거두려고 하는데, 그 차에서 내리는 창희! 바로 앞의 가게(슈퍼)로 서둘러 들어가고.

제호 !

다시 붓펜을 보는데, 보는 게 아니고.

## 39. 동네 일각 (밤)

창희가 황태포를 사 들고 나와서 급히 차에 올라 출발하고 나면, 이어 맞은편의 문구점에서 제호가 나오고. 제호는 멀어지는 창희의 차 쪽을 보다가, 담담히 어딘가로 가는.
한쪽에 주차된 용달. 창희의 시선에선 안 보였을 법한 위치. 용달에 오르고.

## 40. 집. 거실과 주방 (밤)

단정한 옷으로 갈아입은 제호가 제사상 앞에 서 있고. 창희는 한쪽에 앉아 핸드폰으로 범퍼 교환에 대한 검색. 교환비가 2천만 원에서 3천만 원 정도라는 검색 결과. 미쳐버리겠다는 입 모양. 짜증 나 머리를 긁적이고.

혜숙이 옷을 갈아입고 머리를 슥슥 만지며 방에서 나오자, 창희도 핸드폰을 놓고, 서 있는 미정과 기정 옆으로 가서 위치를 잡고.

혜숙이 술을 따르고, 제호가 술을 올리고.

제호의 절에 맞춰 다 같이 절하는.

혜숙은 접히지 않는 한쪽 다리를 쭉 펴고 절하는데,

상당히 정성스러운 동작. 손동작 하나하나, 마음을 다해 절하는 듯.

먼저 일어난 창희는 그런 혜숙의 정성스런 동작에 뭔가 숙연해지고.

다시 절하는 식구들.

## 41. 집. 마당 (밤)

제호는 지방을 태우고.

타들어 가는 지방이 땅에 떨어지지 않게 하늘로 올리고.

## 42. 집. 거실과 주방 (밤)

창희와 기정이 제사상을 맞잡고 옮길 준비.

미정이 과일을 바구니에 서둘러 내리고 나면,

창희와 기정이 상을 가운데로 옮겨놓고.

혜숙 (탕국을 푸며) 구씨 얼른 와 한잔하라고 해.

미정은 톡을 하고, 제호가 들어오고.

컷 튀면, 다들 말없이 먹는데.

창희는 고개를 돌려 제주잔의 술을 비우고.

굳은 얼굴로 먹던 제호는 쳐다도 안 보고…

제호 차… 얼마 주고 빌렸어?

뭔 소린가 싶어 혜숙은 눈이 돌아가고. 창희도 뭔 소린가.

제호 (먹으며) 두환이 가게 앞에 있는 차, 얼마 주고 빌렸어?

창희 빌리긴 어디서 빌려요. 리스한 거 아녜요. ‥친구 차예요.

제호 친구 누구?

창희 ‥아부지가 제 친구 다 알아요? 있어요.

제호 (보며) 친구 누구-?

창희 (돌겠다. 열받아 똑바로 보며) 구씨요!

제호 !

창희　예. 구씨 어마어마한 부자예요.

제호　!

창희　타고 다니라고 저 줬어요.

혜숙은 어안이 벙벙하고. 얼마 전 봤던 현진도 생각나고.

제호도 그런 느낌.

기정　미정이 애 노난 거예요 아빠. 얘 대박 잡았어.

미정　…

분위기 바꿔보겠다고 한 말이 안 통하자, 기정은 머쓱해 그냥 먹고.

제호도 다시 밥을 먹기 시작하고. 그러다가 조용히…

제호　남의 차 끌지 마.

창희　아니 한집에서 한솥밥 먹는 사람이 타라고 준 차 좀 몰면 안 돼요? 내 평생에 저런 차 몰아볼 리 만무한데, 원님 덕에 나발 좀 불면 안 돼요? 어떻게… 제가 쪼금도 즐거워하는 꼴을 못 보세요?

제호　(큰 소리) 남의 차를 왜 몰아, 남의 차를? 몇 억짜리를!

모두 숨 막혀 정지.

기정　(큰 소리) 그냥 알았습니다 하고 몰래 끌고 다니면 되지 붕신 같은 새꺄!

창희　이씨이!

혜숙　(OL) 구씨 와. 그만해.

모두　!

혜숙　(제호에게) 구씨 와요. ('그만해요')

잠시 후, 구씨가 들어오고.

혜숙　어여 와 앉아요.

창희는 울컥한 와중에 좀 비켜 앉아 자리를 만들어주고.

혜숙은 일어나 술잔을 챙겨 와 구씨 앞에 놔주고.

심란함에 잠깐 머뭇거리던 제호가 구씨의 잔을 따라 주고.

구씨는 받아서 고개를 돌려 마시고. 그런데 뭔가 어색하다.

모두가 고개를 박고 먹기만. 무거운 분위기.

미정이 불쑥 일어나 쟁반과 접시를 가져와 상 위의 음식을 덜자

혜숙　왜애?

미정　… (구씨네) 가서 먹으려고.

혜숙　(눈으로 잡는) 그냥 여기서 먹어.

미정은 머뭇거리다가 어쩔 수 없이 쟁반을 그냥 상 밑으로 넣어버리고.

말없이 먹기만 하는 식구들.

미정은 왠지 서러워지려고 한다.

구씨는 이상한 분위기는 느끼나 그저 담담히 먹는.

## 43. 두환 카페 앞 (다음 날, 낮)

창희는 심난하게 앉아 있고, 두환은 긁힌 후미를 보다가 오고

(차는 길가에서 긁힌 부분이 보이지 않게 주차돼 있는 상황.)

두환 괜히 야매로 했다가 더 망치지 말고 그냥 솔직히 말해.

창희 …

두환 형한테 이실직고하고. 몇 대 맞고. 보험으로 하자. 형 보험 있어. 백 퍼 있어. 안 끌고 다닌다고 보험 없겠냐?

창희 …

## 44. 집. 거실과 주방 (낮)

현관에 앉아 있는 창희. 구씨한테 말해야 되는데 엄두가 나지 않는다. 그렇게 있다가 문득 슬리퍼 신은 자신의 발을 보고. 운동화로 갈아 신는 창희.

## 45. 구씨네 앞 + 두환 카페 (낮)

#구씨네 앞. 구씨는 무뚝뚝한 얼굴로 집에서 나와 뚜벅뚜벅.

이어서 쫓아 나오는 창희. 거리를 두고 쫓아가며 긴장하는 눈빛.

#두환은 차 근처에 있다가 구씨가 보이자 슬쩍 뒤로 물러나고.

두환 (그래도 상냥하게) 안녕하세요.

구씨는 말없이 차로 가서 확인해 보는데 조금이 아니다 싶은.
구씨가 창희 쪽으로 돌아서 걷기 시작하자,
창희는 우물쭈물 뒷걸음질 치는데,
냅다 창희를 향해 달리는 구씨.
어우씨… 창희도 내달리기 시작!

## 46. 동네 일각 (낮)

좀 달린 듯, 풍경이 바뀌었고.
여전히 이 악물고 도망가는 창희. 쫓아 달리는 구씨.
달리는 창희의 얼굴에서,

창희 (E) 어떤 게 나을까. 형을 덜 고생시키고, 여기서 딱 무릎 꿇는 게 나을까. 아니면 최대한 진을 빼놔서 때릴 힘도 없게 만드는 게 나을까. 저 형이 때릴 힘이 없어질까…

힐끗 돌아보니, 잠깐 그런 생각을 하는 사이, 구씨가 간격을 좁혀 왔다!
창희는 어금니 꽉 깨물고 고개를 뒤로 젖혀가며 내달리게 되고.
그렇게 당미역 앞을 달려 지나가는 두 사람.

## 47. 동네 일각 (낮)

지쳐서 헉헉대는 창희. 달리다가 걷다가… 팔다리가 흐느적대고. 죽지 않으려고 사력을 다해 달리는 느낌. 힐끗 돌아보면, 구씨는 여전히 폼을 유지하며 달리는데, 잡아야 된다는 목적의식 없이, 어떤 생각에 빠져 달리는 듯, 마라톤 하듯이 달리는. 그렇게 달리는 구씨의 모습에서

여자 (E, 차가운) 너란 인간은.

달리는 구씨…

여자 (E) 너란 인간은.

구씨 (E) 시끄러. 나란 인간 나만 알면 돼. 너까지 아는 척 떠들 필요 없어.

[INS. 미정: "투명해."]

비 오듯 땀을 흘리는 구씨의 뒤로, 두환의 오토바이가 보이기 시작하고. 두환은 달리는 구씨와 속도를 맞추고, 물통을 건네고.

구씨는 마시고 다시 두환에게 물통을 건네고.

두환은 또 속도를 내 창희한테 다가와 물을 주고.

창희도 마시고, 머리에 붓고…

두환은 통을 받아서 옆으로 빠져 아웃되는.

다시, 죽을 듯이 달리는 창희의 모습에서…

창희　(E) 되는 일이 없다…

[INS. 변상미 편의점. 현아와 있는데, 창희가 "되는 일이 없다" 말한 후 상황]

현아　내가 작가 해볼까 하고 잠깐 작법 책 본 적 있는데, 좋은 드라마란, 주인공이 뭔가를 이루려고 무지 애쓰는데… 안 되는 거래. 그거 보고 접었어. 인생하고 똑같은 걸 뭐 하러 써. 재미없게.

여전히 달리는 창희. 이런 게 인생이라는 걸 받아들이는 느낌.
아까 저쪽 길로 당미역 앞을 빠르게 지나쳤는데,
지금은 이쪽 길로 당미역을 향해 간다.
동네를 크게 한 바퀴 돈 듯.
[INS. 전철역 플랫폼. 저 멀리… 철로 끝에 열차가 들어오는 게 보이고…]
창희가 달리는 데에서도, 띠리리링… 전철이 들어온다는 소리가 멀게 들리고.

현아　그 사람이 너 보고 싶대. 내가 맨날 창희, 창희 했으니까…

창희는 영혼이 날아간 얼굴로 역사 쪽으로 달리는데, 전철을 타려는 듯, 어금니를 꽉 깨물고 역사를 향해 마지막 스퍼트를 내는.
창희가 간신히 역사로 들어가고 나면, 역시 역사를 향해 달리는 구씨.

## 48. 당미역 플랫폼 (낮)

전철은 와서 섰고. 스르륵 문이 열리는데.

창희는 영혼이 날아간 얼굴로 허위허위 계단을 내려오고.

전철에 올라타고.

## 49. 전철 안 (낮)

(정차돼 있는 와중에) 뒤를 돌아보며, 앞 칸으로 이동하는 창희.

## 50. 당미역 플랫폼 (낮)

구씨가 저 위에서 계단을 내려오기 시작하는데,

## 51. 전철 안 (낮)

앞 칸으로 쭉쭉 가는 창희의 모습에서 문이 스르륵 닫히고.

계속 뒤를 보며 앞 칸으로 이동하는 창희.

서서히 달리기 시작하는 전철.

컷 튀면,

전철은 제 속도로 달리고 있고.

창희는 한참을 앞 칸으로 가서 지쳐 자리에 앉고. 지나온 문을 본다.

숨을 고르며 계속 보는데, 쫓아오는 이가 없고.

한숨을 쉬는 창희. 따돌렸다 싶은.

그렇게 있다가 뭔가 잠잠해지기 시작하는 얼굴.

## 52. 전철 안 (낮)

그런데 구씨도 전철을 탔다.

문 앞에 서서, 지친 얼굴로, 눈앞에 흘러가는 풍경을 본다.

객차를 뒤지면 창희가 나오는데 뒤질 생각을 안 하고 창밖을 본다.

자체의 에너지를 완전히 소진하자 어떤 한 생각에 머무르는 듯.

#지하로 들어가는 듯 구씨의 얼굴이 어두워지고,

다시 지상으로 나온 듯 밝아지는데, 따뜻한 주황빛.

#전철 안 (저물녘)

한강 다리를 건너며 보이는 서울 풍경.

노을 지는 빌딩 숲이 뭔가 아련한 과거를 보는 듯한 표정.

## 53. 스카이라운지 (밤)

창가에 서서 서울의 야경을 보고 있는 구씨.

(사무실이 있을 법한) 한쪽에서 나오는 현진에게 구씨를 가리켜 보이는 웨이터.

현진　!

현진은 구씨의 근처에 앉고.

현진　웬일이냐, 여기까지?

구씨　…마담으로 있을 때, 정말 드럽게 안 팔리던 선수 새끼 하나 있었는데. 안 팔릴 만했어. 애새끼가… 인간의 맛이 없어. 인간이면… 무슨… 맛이라는 게 있는데… (그동안 그런 맛이 넘치는 인간들 속에 있었다는 느낌. 말하면서 아련해지고) 입만 열면 거짓말에, 잘난 척… 그래서 내가 드럽게 구박했는데, 이 바닥에서 사라졌나 했는데, 여전히 있더라고. 저 새끼가 어떻게 살아남았나 했더니… 산타가 됐더라고. (현진을 보며) 약 판대.

현진　(이놈이 뭔 얘기를 하나…)

구씨　얼마 전에 그놈을 봤어. 백 사장 가게에서. (결론) 백 사장 그 새끼 약 팔아.

그렇게 있다가 무덤덤하게 나가는 구씨.

현진　(일어나) 백 사장 친다? 너 믿고 친다? 회장님한테 말한다? 너 온다고?

구씨는 대답도 없이 나가고, 현진은 어딘가로 부리나케 핸드폰을 하고.

## 54. 병실. 1인실 (밤)

침상에 누워 있는 남자(권혁수, 40대 중반)는 지그시 창희를 내려다보다가 피식.

눈을 감으며 고개를 돌리고(힘들기도 해서).

혁수 그러게 생겼다.

창희 …어떻게 생겼는데요?

다시 한번 창희를 가만히 보고, 웃으며 고개를 돌리고 마는.

## 55. 백 사장 클럽 앞 (다음 날, 낮)

사이렌 소리와 함께 경광등을 단 차량이 와서 서고.

경찰차도 여러 대 속속 도착하고.

차에서 우르르 내려서 뛰어 들어가는 사복형사와 경찰들.

## 56. 백 사장 클럽 (낮)

#사장실, 백 사장은 "개새끼" 낮게 욕지거리를 하며, 급히 장을 열어 중국집 배달 통을 꺼내고. 부리나케 옷을 벗고.

#홀. 경찰들이 밀어닥치자, 삼식은 놀라는 척하면서도 알고 있었던

눈빛이고. 그 와중에 배달 왔던 것처럼 빠져나가는 백 사장. 그런 백 사장을 보는 삼식.

## 57. 거리 일각 (낮)

백 사장은 배달 통에 챙겨 나왔던 옷가지와 소지품을 급히 챙기고, 성질나 배달 통을 내던지고, 통화하며 빠르게 걷는.

백 사장 야이 개새꺄. 어떻게. 올라오시겠다고! 올라와 봐 개새꺄. 이래서 내가 호빠로 큰 새끼들 안 믿는 거야. 정정당당을 몰라 이 개새끼들이. 맞짱 뜨러 올 것 같더니 뒤통수나 치고! 기다려 개새꺄! 내가 지금 산포 딱 떠줄 테니까.

끊고 부리나케 걷는데, 앞에서 누가 오는지, '에이 씨팔.' 돌아서고.

## 58. 구씨네 + 거리 일각 (낮)

구씨는 전화를 끊고 가만. 뭐… 그러든가 말든가.

## 59. 밭 (낮)

며칠 전에 심은 배추 모종에 물을 주고 있는 구씨와 미정.

구씨는 심드렁한 얼굴로 물만 주고.

미정은 이런저런 생각이 많은 얼굴이고.

## 60. 동네 일각 (낮)

말없이 걷는 구씨와 미정의 뒤통수.

그렇게 걷다가

구씨 그만 가볼까 하고.

미정 !

걷는 속도에는 변화가 없고.

미정은 뉘앙스를 알아들었으나 말이 없고. 한참 만에

미정 어딜?

구씨 …서울에.

말없이, 계속 걸어가는 두 사람의 뒤통수.

미정 …갑자기 왜.

구씨　　…그렇게 됐어.

한마디도 안 하고 걸어가는 두 사람의 모습 조금 길게.

## 61. 동네 일각 (낮)

미정은 쳐다도 안 보고 인사도 없이 제집 쪽으로 꺾어져 들어가고.

구씨도 그냥 제집 쪽으로 쭉…

## 62. 자매 방 (밤)

방 한가운데 맥없이 앉아 가만히 있는 미정. 살짝 벌건 코와 눈.

내키지 않지만, 잘 보내야 한다. 마음을 내 일어나고.

## 63. 구씨네 (밤)

구씨는 그동안 쌓인 병을 모아 담고, 이것저것 치우는데,

미정이 들어오고.

구씨는 쳐다도 안 보고 계속 정리. 미정도 거들고.

어색하게 말없이 치우는 둘. 그러다가…

미정 가끔 연락할게. 가끔 봐. 한 달에 한 번. 두 달에 한 번.

구씨 (치우다가) 뭐 하러.

미정 ! (멈칫했다가 다시 치우는. 그러나 손동작이 건성이 될 수밖에)

구씨 …깔끔하게 살고 싶다. 내가 무슨 일 하면서, 어떻게 살았는지, 전혀 감 잡지 못하진 않았을 거고. 이 세계는 이 세곈 거고. 그 세계는 그 세곈 거고.

미정 상관없다고 했잖아. 어떻게 살았는지.

구씨 어떻게 살았는진 상관없어도, 어떻게 사는지도 상관없겠냐?

미정 !

구씨 (살짝 비아냥) 난 괜찮거든, 내 인생?

미정 !

구씨는 다시 움직이기 시작하고, 그러다가

구씨 욕하고 싶으면 해. 나중에 후회하지 말고.

미정 (구씨를 봤다가 말았다가… 말할 듯 말 듯 가슴팍만 올라갔다 내려갔다)

구씨 해애.

미정 …

구씨 화 안 나냐?

미정 나는. (가슴이 올라왔다가 내려갔다만…)

구씨 나는 뭐? 말해.

미정 나는. 화는 안 나.

구씨 (보다가) 그만하고 떠난다는데 화 안 나?

미정 돌아가고 싶다는 거잖아. 가고 싶다는 건데 가지 말라고는 할 수 있어. 더 있다 가라고 할 수도 있어. (결론) 서운해… 근데 화는 안 나. 모르지. 나중에 화날지도.

미정은 말끝에 살짝 울컥하고. 구씨는 외면하듯이 다시 청소.

구씨　너도 웬만하면 서울 들어가 살아. 평범하게. 사람들 틈에서.

미정　지금도 평범해. (울컥) 지겹게 평범해.

구씨　(보고) 평범은… (뭐라고 해야 되나) 같은 욕망을 가질 때, 그럴 때 평범하다고 하는 거야. 추앙, 해방 같은 거 말고, 남들 다 갖는 욕망. 니네 오빠 말처럼 끌어야 되는 유모차 있는 여자들처럼.

미정　애는 업을 거야.

구씨　(그래라. 포기다. 다시 움직이고)

미정　당신을 업고 싶어. 한 살짜리 당신을 업고 싶어.

구씨　(에이씨. 마음이 안 좋아진다. 결국) 그러니까 이렇게 살지!

미정　난 이렇게 살 거야. 그냥 이렇게 살 거야.

구씨　(시선을 돌리고 마는)

미정　전화할 거야. 짜증스럽게 받아도 할 거야. …자주 안 해.

구씨　(쓰레기를 묶는데 우격다짐으로 꽉. 혹은 쓰레기를 버리는데 팍!)

## 64.　공장 외경 (다음 날, 낮)

## 65. 공장 (다음 날)

가만히 앉아 있는 제호. 한쪽에 구씨도 가만히 앉아 있고.

구씨가 떠난다고 말한 후인 듯.

착잡하고 무거운 제호의 얼굴. 한참을 말없이 있다가…

제호 …아니다 싫으면 언제든 와.

구씨 …

제호는 일어나 월간계획표(2019년 9월)를 본다.

구씨가 일한 시간을 보는 듯. 지갑에서 돈을 꺼내고, 서랍에서 봉투를 챙기고…

그러는 동안 가만히 앉아 있는 구씨.

## 66. 달리는 구씨 차 안 (낮)

구씨는 무표정한 얼굴로 자신의 차를 운전해 가고.

근처 밭에는 포획 틀에 잡힌 개 한 마리가 왈왈 짖어대고.

공무원 두 명이 포획 틀을 차량에 옮겨 싣기 위해 밭에서 들고 나오고.

파라솔은 뒤집어져 나뒹굴고 있고…

개는 구씨를 부르는 듯이 왈왈왈 짖어대나,

구씨는 들리지 않는 사람처럼 쳐다보지도 않는다.

왈왈 개 소리가 이어지면서…

## 67. 도심 일각 (낮)

쫓기는 백 사장. 죽어라 달리고.

역시 죽어라 쫓아 달리는 두 명의 사복형사.

막다른 길에서 백 사장은 발돋움해서 훌쩍 담을 넘어가고.

잠시 후, 담 너머에서 들려오는 소리.

백 사장 (E) 아…… 씨… (팔)

뒤쫓아 달려오던 형사가 멋모르고 따라서 담을 넘으려다가, 아씨! 회피하고. 형사는 낭패란 표정으로 119에 전화를 걸고.

형사 예. 수고하십니다. 강남 경찰서 여민구 경원데요, 구급차 좀 보내주세요.

#그런 형사의 통화 내용 중에, 짧게 보이는 건너편 백 사장 모습.
공사장 철근이 박혀 있는 곳에 떨어져, 그 틈에서 피를 흘리는.

## 68. 구씨네 외경 (밤)

불 꺼진 구씨네. 하늘에는 밝은 달.

## 69. 구씨네 (밤)

어두운 빈집에 훌쩍이는 미정의 목소리.

창가에 서서 눈물을 펑펑 쏟고 있다.

퇴근하고 바로 여기로 온 듯, 가방이 한쪽에 있고.

그렇게 있다가 핸드폰을 한다.

소리 (E) 지금 거신 번호는 없는 번호이니…

처음 건 게 아닌 듯, 이미 확인했던 듯, 표정 변화 없이 핸드폰을 접고.

표정에 자기 연민 같은 건 없고, 그냥 눈물이 쏟아지니까 운다 싶은.

연신 눈물 콧물 닦아가면서 엉엉.

창밖에는 달.

## 70. 장례식장 (밤)

#백 사장의 영정 사진이 있고.

#구씨는 이미 취했고. 잔을 비우고는 빙긋이 웃으며 옆에 앉은 삼식을 본다. 삼식의 머리를 쓰다듬는다. 패야 되는데 쓰다듬고 있는 느낌.

구씨 나 보고 싶었냐?

삼식 …

현진 (앞에 앉아서 보다가, 낮게) 표정 관리 좀 해라. 애들 있는데.

구씨　왜? 누구 죽었어?

현진　!

구씨　아. 죽었지.

구씨는 잔을 비우고는, 시커먼 남자들만 있는 장내를 편안한 얼굴로 그윽하게 본다. 빙긋이 이리저리 보고. 그러다가

구씨　(미소) 난 누가 죽는 게, 이렇게 시원하다…

더할 수 없이 자유롭게 풀려나는 듯한 얼굴. 자기혐오로 내달리기로 한 듯. 아주 편안한 미소.

## 71.　동네 일각 (다른 날, 낮)

낙엽이 지는 스산한 가을.
구씨와 같이 걷던 길을 혼자 걸어가는 미정.

미정　행복한 척하지 않겠다… 불행한 척하지 않겠다… 정직하게 보겠다…

덤덤한 말과 덤덤한 발걸음. 그렇게 걸어가다가

미정　(E) 나를 떠난 모든 남자들이 불행하길 바랬어. 내가 하찮은 인

간인 걸 확인한 인간들은 지구상에서 다 사라져 버려야 되는 것처럼, 죽어 없어지길 바랬어. … (그게 날 갉아먹었어. 이제) 당신이 감기 한번 걸리지 않길 바랄 거야. 숙취로 고생하는 날이 하루도 없길 바랄 거야.

그때 멀리서 119 앰뷸런스 소리가 나고. 점점 가까워지는 소리.
미정이 돌아보면 앰뷸런스가 요란한 소리를 내면서 미정을 지나쳐가고.

## 72. 도심 일각 (밤)

2022년 겨울. 앰뷸런스 소리가 멀게 들리고.
도심을 걸어가는 미정의 뒷모습. 그렇게 걷다가 문득 뒤를 돌아본다.
하늘을 본다. 눈발이 날리기 시작.
다시 걸어가는 미정의 모습에서.

# 배우 인터뷰

"김지원이라는 사람을 더 넓은 세상으로 데려가고 싶었어요."

# 김지원

**(염미정 역)**

E(외향인)의 세상에, 모든 I(내향인)들의 목소리를 대변해 주셨다는 평이 많았습니다. 그래서 I들의 열렬한 지지를 얻으셨고요. 처음 대본을 읽었을 때 어떠셨는지 소감이 궁금해요.

소설을 읽는 기분이었어요. 인물들이 툭 뱉는 말들에 깔깔 웃다가도, 대본을 덮고 나서는 한참을 생각하게 만드는 힘이 있는 대본이었어요.

출연하기로 결정한 계기는요?

너무 당연한 이유일 수도 있지만 좋은 감독님과 스태프분들, 좋은 대본, 좋은 배우분들과 함께 할 수 있어서 출연을 결정했어요. 또 "한 번도 안 해봤던 걸 하고 나면 그 전하고는 다른 사람이 돼 있"더라는 미정의 말처럼, 30대에 접어든 김지원이라는 사람을 더 넓은 세상으로 데려가고 싶었어요. 새로운 경험을 해보고 싶다는 마음에 용기를 냈습니다.

한 인터뷰에서 "처음부터 미정의 고요가 좋았다"라고 말씀하셨어요. 염미정이라는 인물에 매력을 느낀 이유가 뭘까요? 김지원 배우에게 미정과 비슷한 면이 있나요?

> 닮은 점이 아니라 다른 점 때문에 미정이에게 매력을 느꼈던 것 같아요. 염미정에게는 폭풍 전야 같은 고요와 내면의 힘이 있고, 이 때문에 '추앙'이라는 단어도 사용했던 것 같아요.

'추앙'이라는 단어를 입 밖에 냈을 때, 혹은 대본에서 문자로 처음 봤을 때 어떤 느낌이었나요? 지금은 많은 사람에게 회자되는 유행어가 되었지만 처음엔 어색했을 것 같기도 해서요. 아무래도 평소에 흔히 쓰는 단어는 아니니까요.

> 저도 낯선 단어라 대본을 보고 드라마 속 기정이나 구씨와 비슷한 반응이었던 거로 기억해요. 인터넷으로 단어를 찾아보기도 하고, 어떻게 하면 이 의미를 잘 전달할 수 있을까 고민을 많이 했어요. 촬영을 하던 순간보다도, 시간이 지날수록 왜 '사랑'이 아니라 '추앙'이어야만 했는지 더 깊이 이해할 수 있었습니다.

말씀대로 염미정은 내향적이고 표현을 크게 하지는 않지만 단단하게 중심이 서 있는 사람 같아요. 기정과 창희에 비해 말이 없는데, 미정을 연기할 때 어떤 점에 집중하셨나요?

감독님이 한 가지 확실하게 짚어주신 게 있어요. 미정이 하는 말들이 우울감이나 어떤 감정에 빠져서 하는 말이 아니라 한 발짝 떨어져서 자신을 통찰하는 것이라는 점이요. 2만 년을 산 것 같은 미정(웃음). 궁금한 것이 생기면 촬영 전에 미리 여쭤보고, 감독님께서는 작가님과 나눈 이야기를 들려주셨어요.

가장 좋아하는 장면과 대사를 꼽으신다면요?

떠올릴 때마다 제 마음을 움직이는 장면이 달라요. 지금은 미정이 구씨에게 '아침마다 머릿속을 찾아오는 사람들을 환대하라'고 말하는 장면이 기억납니다.

김석윤 감독님이 배우님께 휴식이 되는 작품이었으면 좋겠다고 얘기해 주셨다고 들었습니다. 실제로 휴식이 되었나요?

정말 휴식이 되는 작품이었습니다. 휴식이 '가만히 몸을 뉘어 쉰다'는 의미도 있겠지만, 작품을 통해서 고민하고 성장하고 나아가는 과정이 휴식으로 느껴질 만큼 감사한 시간이었어요. 「나의 해방일지」라는 작품에, 또 미정의 말들에 큰 위안을 받았습니다.

삶이 소란스럽고 어지러울 때마다 꺼내 보고 싶은 작품이에요. 나침반을 하나 얻은 것 같은 기분입니다.

'추앙'하는 것이 있으신가요?

찾으려고 노력하는 중이에요. 요즘은 '나 자신'인 것 같습니다.

미정을 연기하고 나서 생긴 변화가 있는지도 궁금해요.

미정의 대사 중에 '하루에 5분 행복한 순간을 채우자'는 대사가 있어요. 저도 하루에 5초, 10초씩 행복을 적립하려고 노력하는데, 그게 정말 많은 힘을 줍니다.

「나의 해방일지」를 사랑해 주셔서 정말 감사드립니다. 모두 건강하시고, 우리 다 행복했으면 좋겠습니다.
쨍하고 햇볕 난 것처럼
구겨진 것 하나 없이!

# 스틸컷

# 나의 해방일지

# 3


초판 1쇄 발행 2023년 1월 27일
초판 7쇄 발행 2024년 9월 30일

지은이 박해영
펴낸이 김선식

부사장 김은영
콘텐츠사업본부장 임보윤
책임편집 박하빈
콘텐츠사업2팀장 김보람
콘텐츠사업2팀 박하빈, 이상화, 채윤지, 윤신혜
편집관리팀 조세현, 김호주, 백설희
저작권팀 이슬, 윤제희
마케팅본부장 권장규
마케팅2팀 이고은, 배한진, 양지환
미디어홍보본부장 정명찬
브랜드관리팀 오수미, 김은지, 이소영, 서가을
지식교양팀 이수인, 염아라, 석찬미, 김혜원, 박장미, 박주현
뉴미디어팀 김민정, 이지은, 홍수경, 변승주
재무관리팀 하미선, 윤이경, 김재경, 임혜정, 이슬기, 김주영, 오지수
인사총무팀 강미숙, 지석배, 김혜진, 황종원
제작관리팀 이소현, 김소영, 김진경, 최완규, 이지우, 박예찬
물류관리팀 김형기, 김선민, 주정훈, 김선진, 한유현, 전태연, 양문현, 이민운
외부스태프 김은하(교정교열)

펴낸곳 다산북스
출판등록 2005년 12월 23일 제313-2005-00277호
주소 경기도 파주시 회동길 490
대표전화 02-704-1724 팩스 02-703-2219
이메일 dasanbooks@dasanbooks.com
홈페이지 www.dasanbooks.com
블로그 blog.naver.com/dasan_books
종이 아이피피 인쇄 북토리
코팅·후가공 제이오엘엔피 제본 국일문화사
ISBN 979-11-306-9617-1 04810
979-11-306-9606-5 (세트)



• 파본은 구입하신 서점에서 교환해드립니다.
• 이 책은 저작권법에 의하여 보호를 받는 저작물이므로 무단 전재와 복제를 금합니다.